河出文庫

理解という名の愛がほしい。

山田ズーニー

河出書房新社

理解という名の愛がほしい。　目次

第1章　連鎖

第2章　本当のことが言えてますか？

第3章　人とつながる力

理解という名の愛がほしい。

第1章　連鎖

Lesson 1 連鎖

もうすっかりよくなったのだが、こんなに人間好きな私が、一時期、人間嫌いになっていたことがあった。

悪意のメールが来たのだ。

メールでは、ほんの小さな批判でも、予想以上に、身体にこたえる。文章の教育をやってきた私は、書き手の根本思想をよくも悪くも、敏感に受け取ってしまう。そのときのそれははっきり悪意だった。私は、生まれてはじめてはっきりと人の悪意を浴びたような気がした。

「なんで、こんなこと言われなきゃいけないの？　私はなんにも悪いことをしていないのに」

とは思わなかった。

自分がこの人を攻撃したのだろうな。

自分が、コツコツとコラムを書きつづけること。そのこと自体、人によっては攻撃ととらえる人もいる。いや、ある人が、必死で自分を生きている。そのことだけで、すでに攻撃だと感じる人はいる。

生きてるだけで、すでに攻撃。表現する以上、覚悟をしなければ。

私は、孤独とか、つらいことへの耐性はわりにある。同情も心配も、されるのが大嫌いな私は、だれにも言わず、自分で消化できるとぐっとがまんした。

ところが、メールをひらくことが恐くなり、まっすぐメールを読むことが恐くなり、しだいに人と会うことが億劫になっていった。

たったこのくらいのことが、いったいなんだっていうんだ。

予想以上に、弱かった自分、それもショックで、受け入れがたい事実だった。

思ったほど自分は強くはないんだな。

しばらく人との距離をおいていれば、一人じっと耐えれば、立ち直れると思った。

ところが、その、いちばんそっとしておいてほしい時期に、よりによって、母が田舎から出てきてしまったのだ。

私は、自分の腹の中で、受け止められず、消化しきれなかった悪意を、母にあたる、という最悪のカタチで発散してしまった。

母を泣かせてしまった。

母は顔が引きつっていた。


母がいったい何をしたろう？


あたられても、母は、私を決して攻撃することはなかった。

私にご馳走をしてくれ。一人買い物に出ても、自分のものなどほとんど買わず、私にハンカチを買い。親戚のだれだれさんに、ご近所のだれだれさんにと、人のものばかり、つつましいけれど、綺麗で相手を思いやったお土産ばかり、買ってきては、ほんとうにうれしそうに見せてくれた。

私を励まして、つとめて明るく帰っていった。

そんな人を私は傷つけたのだ。

私は、自分の持ちきれなかった悪意を、自分より弱い、なんの罪もない母にぶつけてしまった。そのことにさらに落ち込んだ。

どうして、悪意は、強いものから、弱いものへ、権力のあるものから、ないものへ、おとなから、こどもへと、はけ口を求めるのだろう？

そうして、最後は、私のような意地の悪い人間のところをするっと通り抜け、こどもとか、お年寄りとか、まったく罪のない人のところへいく。

ふと、田舎に帰った母は、父にあたるだろうか、と思った。そうしたら、父はそれをどうするだろうか？

メールから来た顔も知らぬ人の悪意、それが、私に来て、私が弱さで持ちきれず、母にぶつけ、それを母が持ちきれず、帰って父にぶつけ……、

悪意は連鎖する。

そう思ってはっとした。私に悪意を向けた人、その人の悪意はどこから来たのだろう？

その人も、私と同じように、思ったほどは強くはない人間で、私と同じように、消化できない悪意を受けて、それを私にリレーしてしまったとしたら。

私の頭を、私がいままで傷つけてしまった人々、私のせいで人に不快を与えてしまった数々の経験が駆けめぐった。

あのときの、またあのときの、自分が人に与えたストレス、それが、めぐりめぐっていま、自分に返ってきているような気がした。

強いものから弱いものへ、小賢（こざか）しいものから無垢（むく）なものへ連鎖し、社会をめぐるス

トレス。

きれいごとでなく、「ちゃんと生きなければ」と思った。
人は思ったほど強くない。人にはできるだけ、優しくしなければと。

お盆。
家に帰ると、母の顔ががっくりとふけていた。
顔が少し黒ずんで、ちょっとちいさくなって、そのぶんシワがふえた。
お肉を私たちにばかり食べさせて、あまり食べていない。
母にそれを何度か聞くと、胃かいようだと言った。
私は、サッと血が引く感じだった。
私があのとき、母に与えたストレスだと思った。全身が自責に冷えた。
私が母に与えたストレス、母は、それを父にリレーしなかった。
私は、母の胃のあたりをじーっと見つめてしまった。

母はここ（腹）で、悪意の連鎖をとめたのだ。

あの、メールから来て私にリレーされ、私が弱くて持ちきれず、母にあたりちらした悪意が、リレーもされず、消えもせず、ここにあるのだと思った。

私が自分のわがままで仕事をするのもいい。自分は強いと、自分で責任取れると、自負するのもいい。冒険だって、賭けだって、失敗だって、なんだってすればいい。でも、実際、自分で責任取れてないではないか。こういうカタチで家族にツケを払わせているではないか。

それは許されないだろう。

もっともっと、ちゃんと考えなくては。自分が仕事をしていくことについて、表現することについて、もっと、もっと。

私は、悪意は、強いものから弱いものへとリレーされていくと言った。でも、自分の腹でリレーをとめた母の方が、ずっと強いのではないだろうか。


強さってなんだろうか?

私は、自分のスケールにしては高いハードルも飛び越え、孤独によく耐えてきたつもりでいた。でも、そのあとで、たった3センチの段差につまずいて、自分の力では立てない、というようなことを繰り返しているような気がする。

人はのり越えられないような大きな試練より、たった３センチの段差につまずくものではないか。

いままで、自分がもっと強くなることで、自分にふりかかる問題は、すべてのり越えていくようなつもりでいた。でも自分は思ったより強くはなかった。弱い。

自分が弱いから、まわりをよくして、世の中をよくして、まわりから支えていただく、という方向も考えなければ。

世の中をよい連鎖がめぐって、めぐりめぐって母にも、自分が傷つけた人にも、まわりから、何か返せるかもしれない。

今日、よい連鎖を自分から起こせるか？

たったいま、自分の出す、この言葉から。

Lesson 2 生きる実感

若い人と話していると、「実感がうすい」とうったえられる。

「本能が弱っていく感じ」
「何か言っても反応がうすい」
「やりたいことが見つからない」

そして言う、「生きる実感」がほしいと。

いま、生きる意味が見つからないからと、自分から、ひどく危険な地域に行ったり、からだを傷つけたり、「死」と距離を縮めてみて、そこではね返ってくる分で、「生きる実感」を確かめようとする若い人もいる。
そういう若い人の痛みは、どこか外のものでなく自分の内側で響くところがある。

私も、虚無感みたいなものに追いつかれてつかまるのが、いちばん恐いのかもしれない。

そう言うと、

「なんでズーニーさんが、虚無感に襲われるんだ？　やりたい仕事をしているからいいではないか？　自分は、まだ何も見つかっていない、何もない」

と若い人に言われるかもしれない。

でもそうだろうか？　どっちが深いだろう？

まだ、何も見つかってないから感じる虚無感と。

がんばって何かを見つけても、逃れられないと知る、虚無感と。

でも、はて、「生きる実感」ってなんだろう？

正面きって考えると、これがなかなかわからないのだ。

若い人が言っている、「生きる実感」って、どういうことだろう？

私自身、実感がうすいと感じるときに、そこから脱出しようとして、もがき、求めているのはいったいなんだろう？

たとえば、独立してからのこの5年、私の「生きる実感」をたどってみる。

からだの実感

「生きる実感」と問われて、きっと、人が期待する答えは、「歓びの瞬間」だと思う。たとえば、生まれて初めての本を書きあげて、達成感に満ち、読者と通じ合う瞬間とか。

講演で、何百人、ときには千人の人と、通じ合えた瞬間とか。

それは、ほんとうに素晴らしい。

でも、歓びはほんの一瞬で、無我夢中、自分でもどこか信じられないと思っているうちに、あっという間に過ぎてしまう。

「実感」と言ったら、それよりも、講演だったら、あんなに大勢の人と一緒にいたのに、一人電車に乗って帰る道のりとか、家に帰って一人でごはんを食べているときとか。

本だったら、執筆期間の孤独にたえきれなくて、でも、人に会う時間はなくて、ときどき、自転車で駅に人を見に行った時間とかの方が、からだの印象としては、リアルに残っている。

「歓びの瞬間」は、あっという間だけれど、そこまでの、長い、長い、長い、準備期間の方がリアルだ。

「自分が書いているものは意味があるのか」と不安に襲われては、打ち消し、また不安につかまえられて、自分の存在までだんだん無意味になってきて、落ち込み、そこから立ち直り、お茶をいれ、また、パソコンに向かい、と、だれも知らない、地味で単調な日々の繰り返しの方が、何しろ圧倒的に長い分、からだの実感としては、鮮やかだ。

でも、「からだの実感」と言えば、それよりも、何よりも、会社を辞めてから、フリーランスの方向性が立ち上がるまでの、

何もしていない期間がいちばん鮮やかだ。

自分にからだがあることを、こんなに生々しく実感したことはない。

朝起きて、「今日何をしよう？」と思う。

当然する仕事も、しなきゃいけない仕事も、私を待っている人もいない。

自分の存在の無意味感に、ひしがれそうになる。

何かしなきゃ、と思う。昨日まで朝から晩まで働いていたからだの習慣性が自分をかりたてる。あてがないのに、ふるいたたせて外に出る。

それでも、身支度をして出かける瞬間だけは、何かに出会えるのではないかという淡い期待がよぎる。

しかし、これだというものには出会えない。

あたり前の話で、目にするものを、昨日まで会社で16年かかって築き上げたものと、ことごとく比べているからだ。

長年、手塩にかけたものよりも、やりがいあることなんて、すぐ見つかるはずもない。

向かう気が起きず、それでも何かに向かおうとすれば、逆にやる気が奪われ、しぼんでいく。

行くところも、気力もなくなり、まだ日が高いのに、くたくたになって、逃れるように、来た道をそのまま帰る。

まだ昔の同僚たちが、バリバリ働いているだろう時間、家に向かう道の空虚さといったらなかった。

一歩に力をこめないと、崩れそうだった。

家に帰るのが恐かった。

いやでも自分と向き合わなくてはいけない。逃れるためにテレビをつける、見ているうちに眠ってしまう、夕闇の中で目が覚める。

また、次の朝、同じことをくりかえす。

家にいられない、出ても行くところがない。

たかだか50kgに満たないこのからだ、たった今日一日の置き場がない。自分の存在意味の軽さにつぶされそうだった。

でも、このころのことを思い出すと、ほんとうに、からだの感覚がリアルだ。かえって、会社で編集をしていた自分とか、いま、フリーランスとして取材を受けたりしている自分の方が、バーチャルではないかと思えるほど、このときの自分は生々しい。

行くところも、存在意味も、やりたいことも、何もなかった自分に、いまの自分は、かなわない。

そう思うことがよくある。

いまは、仕事も次々来るようになり、次の方向も見えてきた。やりがいのある仕事に出会い、実績もそれなりについてくれば、もう無意味感に襲われることはないかと思ったら甘かった。

無意味感は、日常の思わぬところで口をあけて待っている。

やりがいのあることがやれた、と強く思ったあとほど、出くわす無意味感は大きく、足をからめとられ、飲み込まれそうになる。

たぶん、一生、こんなことを繰り返すのかもしれない。

先日も、そんなことがあり、腐って、テレビを見ながら眠ってしまい、ふと、郵便配達のバイクの音で目が覚めた。

起きて、自分は会社を辞めたころ、何度もこうしてバイク音と虚無感の中、目覚めていたなと思った。

あいかわらずだな自分は、と思いながら、あのころと同じように階下のポストに郵便を取りにいきながら、ふと、思った。

待てよ、これこそが生きる実感ではないか？

若い人が探し求めているもの

若い人に伝えなくてはいけないのは、体中が熱く、気持ちが昂揚する「歓びの一瞬」のことではなく。

自分の無意味感から逃れつつ、

空気圧にじっと耐えて、

昨日と同じ今日を、また、同じ凡庸な朝を生きる覚悟、

それをうんざりしても、毎日繰り返し続けていることこそが、「生きる実感」である。

ということなのではないだろうか？

でも、こっちこそが、生きる実感なのだとしたら、若い人が探し求めている方の、

「生きる実感」ってなんだろう？

あれは、歌でいうところの「サビ」の部分ではないか？

それより圧倒的に長い、おさえた部分があるからこそほんの一瞬だけ、光り輝く、盛り上がりの部分。

「生きる実感」がほしいと言うとき、もしかして、「サビがほしい」と言っているのかもしれない。

でも、サビは、サビの部分だけつかもうとして、つかめたら、実感はうすい、もはやサビではなくなる。

もっとも虚無が押し寄せ、なんにも起きない日常におしつぶされそうになっていた、あの時間こそ、もっとも自分は生きていたと思う。あれが、命を燃やすということではなかったろうか？

あなたにとって「生きる実感」とはなんだろう？

Lesson 3
「おわび」の時間

たいていのことは、とりかえしがつく。いったんは切れたと思った人との関係も、またつながっていく。

ここのところ、そんな、「再生」について考えていた。

そこをつなぐのが「おわび」ではないだろうか？

人の心は傷つきやすく、ちょっとしたことで離れてしまう。

私も、ここ数年、人前で表現をするようになってから、より繊細になった。

心のせまさを露呈するようで恥かしいが、人のちょっとした言葉に傷つき、その人との間に、決定的な距離を感じてしまうようなことが、何度かあった。

でも、このところ、私の中で、その糸が、またつながるという再生が、たてつづけに起こった。

自分の心は繊細で、ちょっとしたことに傷つく、でもまた、ちょっとしたことで治るんだ、何もなかったように、相手とまた心が通いはじめるんだ、ということを実感し、希望を感じている。

今回の再生の機会として、相手がくれたのは、言葉だった。ある人はメール、ある人はハガキ。

どちらも、謝罪の言葉も、派手な懺悔も何もない、とてもさりげない、おたよりだったが、これらには、一発でつながった共通点があった。

どちらも、「利他」、つまり私のことを考えての発信であったということ。

時間を上手に味方につけていること。つまり必要なだけの「間」を置いて、よい時期に届いた。

傷つけてしまったそのこと自体は償えなくても、等価の「うれしい気持ち」を私に与えようとしてくれていたこと。

瞬間で、ぽっ、とあったかい気持ちになった。

一方で、つながらないおわびも、このごろは、よく見かける。

それは、「私が悪かった。私が、私が……」と、必要以上に自分を責めるおわびで。

最近、そういう人がとても多いように思う。

「自虐おわび」と言ったら言いすぎだろうか？

そういう人は、おわびと称して、「自分探し」をしているような節がある。

例えば、職場でミスをして先輩に叱られたようなとき。

「私が悪いんです。私は、こういう点が至らないし、私は、こういう知識が足りないし、私は、どうして、こんな……、私は、なぜ、あのとき……」

というように、理由を説明しているような、自己分析をしているような、だんだん懺悔のような、自分を責めるというか、自分の悪を吐露する感じになり、しかし、自分の釈明をしているようにも見える。

やがて、落ち込む。ひどいときは泣いたり、会社に来なくなったり。

その間、周囲を暗くさせていること、周囲の仕事の手を滞らせていることに気づかない。迷惑をかけられた先輩のほうが、慰めたり、励ましたりして、なぜか奉仕している。

やがて、立ち直ると、なぜか決意表明をする。

「私は、こうなれるようにこれからがんばります！」

一人でミス出して、一人で落ち込んで、自己分析したり、懺悔したり、釈明したり、やがて、一人でスッキリして、一人で決意表明をして。その間、周囲をふりまわして。

こういう姿を見ていると、「おわび」の時間はだれのためにあるのだろう？　と思う。おわびの時間は、自分のためではなく、利他。迷惑をかけた相手のために費やすものだ。

そのことを私に教えてくれたのは、高校の部活の先輩だ。

それは、私が18歳の春。高校を卒業して、大学に通いはじめたころだった。

高校のときの剣道部の先輩が、食事に誘ってくださった。しかも、なんでも食べていいという。先輩は、一足先に高校を卒業して働いていたとはいえ、まだ安月給に違いなく、当時としては大変だったと思う。

そんなことよりも、理由がわからなかった。

先輩とは、同じ部だったが、ほとんど接点はなかった。先輩も私には、あまり関心がなかったのは事実だった。

なのに、その日は、ほんとうに気持ちよく奢（おご）ってくださった。

ひとしきり楽しく食事をしたころ、先輩が、

「お守りは、二つでなくてはいけなかった……」

と切り出した。

私は、一瞬「えっ?」と思い、「ああ!」と謎がとけた。先輩は、受験のときの一件を私にあやまりたかったのだ、これは、おわびの時間なのだ、とわかった。

大学受験をひかえていたある日、先輩から、厚めの封書が届いた。その中には、合格祈願のお守りが一つと、それを、私の友だちのKちゃんに渡してくれという手紙が入っていた。

先輩は、私の友だちのKちゃんが好きだったのだ、とそのときわかった。私は、お守りをKちゃんに渡した。

Kちゃんと私は、同じ剣道部で、同じ大学に行った。

それで、先輩は、そのときからずっと半年近くも、私に悪いことをしたと思いつづけていたのだ。

「お守りを二つ、なぜ、用意しなかった」と。

同じ後輩であり、同じ大学を受験する私に、思いやりのない行為だったと。

それからずっと、おわびの機会を考えてくださっていたのだ。

武道の精神を重んじる先輩らしい、けじめだ。

「ではこの前のコンサートも?」

と私は心の中で思った。

数日前、私とKちゃんは、二人でコンサートに行った。Kちゃんあてに、先輩から、券が2枚余っている、私と行ってくれないかと、唐突に連絡があったそうなのだ。

先輩は、お守りの一件以降、Kちゃんに告白することもなく、それっきり、二人は交流もしなかった。

券が余ったというのは、おそらく嘘で、先輩は、今度は、Kちゃん経由で、私に、コンサートの楽しい時間をくださったのではないかと推測した。今度は2枚、券は2枚で。

あれから、先輩には会っていない。

でも、二十数年経っても、このときのことを思い出すと、心が温かくなる。

お守りの一件は、それがなければ忘れてしまうくらいのことだった。

でも、先輩から封書を受け取って、

「なんだろう、なんだろう」

と開けるまでの気持ちと、

「なんだ、ちぇっ、自分で渡せばいいのに」

と思うまでの間に、18の心には、一瞬の翳りがあった。

傷ついたというような大げさなものではない。

でも、もしかすると、潜在意識の中に小さなシミとして沈んで、受験とか、お守りとか、部活とか、思い出すときの感じ方に、微妙に影響したかもしれない。

18の想い出を泣かすな、と先輩が思ったかどうかは知らない。

でも、先輩のおかげで、これらは、晴れやかな、温かい記憶として、20年以上経ついまも残っている。

物質的なことよりも、半年もの長きにわたって、自分の気持ちを大事に考え続けてくれた人がいたこと、大事にされたことが、私の中に残った。

「とりかえしがつかない」と私たちはよく言う。

たしかに、傷つけてしまったこと、そのこと自体は、償いようがない。時は二度と元には戻れない。

でも、相手に与えてしまったダメージと等価の、うれしい気持ち、うれしい時間は、提供することができるのだと思う。

それには、「遅すぎる」ということはない。むしろ、それだけの時間、相手を想ったことの証になる。

許す、許さないとか、自分が許せないとかはまた別問題だ。

相手のモチベーションを下げたなら、上がるような時間を、相手の気持ちを冷やしたなら、温かくなるような記憶を。

それを提供するのが、おわびの時間だ。

少なくとも、そこまではやろうと、私は思う。

Lesson 4 続・「おわび」の時間

編集者である後輩が、作家におわびに行った。

後輩は、とうとうと懺悔というか、自分の釈明をしている。

作家は、黙りこくっている。

後輩は、自分の言うことだけ言ったら帰ってきてしまった。

とっさに私は思った。

「なんで、おわびする方が一方的にしゃべってるんだ。もっと、相手にしゃべらせなきゃだめだ」と。

おわびに行ったら、相手に、気の済むまでしゃべらせなければだめ。

もっと相手に、問いかけて、吐き出してもらって、言葉にならない感情なら、感情のままぶつけてもらって、それ全部、受けとめて帰ってこなきゃ、と私は思う。

前回のコラムを読んだ、読者の森さんは言う。

キャリアカウンセリングの勉強をしている中で、傾聴＝ヒトの話を最後まで聴く、ヒトにしゃべらせる、ことの絶大な効果を知りました。

（読者　森智貴さんからのメール）

おわび、とくに仕事の場合、こちらが言わなきゃならないことは、限られている。

自分の責任・非はどこにあるか？（罪の認識）
相手にあやまること。（謝罪）
なぜ、こういうことが起きたか？（原因究明）
二度としないために何をどう変えるか？（対策）
相手に与えたダメージにどう償うか？（償い）

肝心なのは、自分が言いたいことをしゃべるんじゃなくて、「相手が関心ある問い」にきちんと答えていくことだ。

でも、右にあげた五つよりも、まず先に、採りあげるべき問いは、これではないだろうか。

相手はどんな気持ちだったか?（相手理解）

冒頭の後輩と作家の一件でも、迷惑をかけられた作家の方に、何か言いたいことは、なかったろうか?

迷惑をかけられた相手は、何より、気持ちにダメージを受けている。

たいていは、その気持ちを言ってみたところで、もうどうにもならない。もうどうにもならないと思っているから、黙っている相手が多いのだけれど。

相手がこっちのおわびを黙って聞いてくれて、ただ波風立たず、表面上、穏便に済んだおわびが、いいとは限らない。

言葉化されなかった想いが、相手の中に残る。

同じ「迷惑をかけられた、つらかった」と言っても、人によって、その感じ方はさまざまだ。色や味、手ざわりが違う。

その想いの色が表現できないままだと、相手の中に、それがたまって負担になったり、いつか何か別の行動になって表れたりしないだろうか。

そこまでいかなくても、相手は、自分の想いを言葉にし、声に出してしゃべり、傾聴してもらうことで、ずいぶんラクになれるのではないか？

読者の青柳さんは言う。


誰かの失敗で周りが迷惑を受けた場合、その後の物語の主人公（あるいは作者）は、失敗した人間よりも、むしろ周りの人間であるべきだ。失敗した人の都合なんて周りには相手にしてもらえない。

おわびの際の「利他」というのは、物語の中心に相手を据えるということであり、逆に「利己」というのは、自分が脚本監督主演のワンマンショーを押しつけること。

（読者　青柳大介さんからのメール）


最近、よく見かける「自虐おわび」、必要以上に、「私が…、私が…」と自分を責め、懺悔し、泣く、落ち込む、周囲をふりまわす、というようなおわびは、その人のワンマンショーになってしまっている。

青柳さんは、さらに言う。

失敗した側の物語が尊重してもらえるのは、おそらく母子関係が典型であり、それはそれで良いことなのだと思います。

たとえば聞き上手のおばあちゃんが名脇役に徹してくれる時。

しかし、男性的（？）な一般社会の論理ではそれは通用しない。

実際、ミスする度に自分探しされても、仕事は進みませんから。

（読者　青柳大介さんからのメール）


本来、「ママ」に聞いてもらうべきことを、カン違いして、おわび相手に聞かせてしまっている人が多いということか。「自虐おわび」について、読者の鹿野さんは言う。

岸田秀さんが「自己嫌悪」の心理について書いた文章を読み、ショックを受けたことがありました。

「私は卑劣な人間だ」と自己嫌悪している人がいたとします。

これって、自分の行為を反省しているように見えるんだけれども、岸田さんは、実はそうじゃないと言うんです。

自分でも気づかないうちに、心の中で、「卑劣な行為をした自分」と「そのことを理解し嫌悪している自分」というふうに、自分のことを2つに分けている。

そして、卑劣さを自分の中の片割れだけに押しつけて、もう片方の、卑劣さを理解し嫌悪している自分は、少なくとも卑劣ではないと考える。

卑劣な行為に及んだのは、まぎれもない自分自身なのに、自分がやったことを、まるでどこかの他人になすりつけるようにして、「卑劣でない自分」を確保しようとする。

だから、この人はなんどでも同じやり方で卑劣な行為に及び、なんどでも自己嫌悪に陥るだろう。

「自虐おわび」とちょっと似たところがあるなと思ったんです。

前回のコラムに登場した、ズーニーさんの先輩は、罪悪感を抱えたまま、安易に自分を2つに分けず、まずは、表現をこらえたんでしょうね。

これは、思いやりとか誠実さはもちろん、何よりも強さが要求される行いです。

「おわびの時間」に身を置くときには、他者の静けさに耳をすます、こちらの強さも大事なんだろうなと思いました。

（読者　鹿野青介さんからのメール）

「自虐おわび」のように、自分を「裁く」人は、他人も裁く、裁いて「責める」人は、自分も他人もやっぱり責める。

しかし、「裁く、責める」ではことは解決しないから悩むのだ。

そもそも、自分にそれが「裁ける」のか？


判断を誤ったからこそ、こうしていま、おわびをしている自分に……。

読者とのこんなやりとりを見ていた、「ほぼ日刊イトイ新聞」の、私の編集担当の木村さんが、ふと、こう言った。


おわびをされる側は、返事はひとつ「ゆるす」しか言えなくて、そこに違和感というか、まるでボランティアを強制されてしまうような居心地の悪さを感じるのかなぁ。

（木村俊介さんからのメール）


返事は一つ「許す」しかない。これは、とても囲い込まれたコミュニケーションだ。強制、ゆき過ぎれば、暴力になる。

「おわび」という暴力。

人は、多様な答え、多様な表現を許されないとき、不快を感じるのだろうなあ。

もう一度、「おわびの時間の主人公はだれか？」と問うてみる。

その人は、たった一つの答えを強制されていないか？

その人は、自分の想いを表現できないままにされていないか？

その人は、いつのまにかワキ役・聞き役の「ママ」にされてないだろうか？

相手をほんとうに自由にしてあげるためには、より自由な表現、選択、答えができるようにするためには、自分に、何ができるだろうか？


単に、裁く・責める、でない、自分にどんな力が必要だろうか？

Lesson 5 「通じ合う」という問題解決

大学の講義で、一度だけ、「殴られる！」と思ったことがある。

「センセイ！　先生！　来て！」

講義室のうしろから、ただならぬ声がし、見ると、大柄の男子学生（ここでは仮にダイタくんと呼ぼう）、代田くんが、もう一人の（仮にホソヤくんと呼ぼう）細谷くんの胸ぐらをつかんで、まさに、殴る寸前だった。

代田くんの目はつりあがり、こぶしをふりあげ、そこで、ようやっととどまっている。

ぎゅーっとつかまれた細谷くんのTシャツの首のところは、のびきっている。

代田くんの怒りの緊張感が、まわりにたくさんいる学生をすくませている。その緊張の糸は、いつ切れてもおかしくない。

フリーランスで、コミュニケーション・文章表現のインストラクターをしている私は、大学からも依頼があれば、非常勤講師として行き、文章の書き方、話し方、コミュニケーション論、編集術などの講義を持つ。

さまざまな大学に行ったが、こんな場面は初めてだ。私は、びびって、いた。

どうしよう……、どうしよう……。

「教室で教師が刺された」というような嫌なニュースが、頭をよぎる。縁起でもなく。

私が行くと、学生たちの、「センセイ、なんとかして！」という無言の視線が、一斉に私に集中し、突き刺さる。

一目見て、「もう言葉は通じない状況だ」と思った。

理屈が通じないときに

私は、代田くんのことは信じている。

でも、人の感情のメーターが振り切れたときの行動は、たとえそれが自分のものであっても制御しきれないと心得ている。

私が彼だったら、ここまで感情があらぶったら、もう、だれに何を言われても、だめだ。

むりやりにでも、この場から身を引き離し、どこかに出ていくとか、数をかぞえるとか、時間を置くとか、言葉じゃない部分で感情を鎮めないと、もうどうにもならなを切ってしまう。

それどころか、ここで、かける言葉をまちがったら、代田くんの、最後の我慢の糸を切ってしまう。

いったいどんなコミュニケーションが代田くんに通じるのか？

もうかなり前の、この一件を思い出したのは、このところずっと、単行本やテキストの執筆のために、「人を動かす言葉」について考えていたからだ。

「お願い」「おわび」「人を励ます」「誤解を解く」など、もう一度、コミュニケーションの基礎に立ちもどって、自分自身の人生のたなおろしをしながら、現実の中で、「実際に人が動いた言葉」、「私自身ほんとうに動かされた言葉」をたどっていた。

たとえば、「人を励ます」というシーンで。

私は、母が病気のとき、「はやく元気になって」を突きつけすぎてしまい、母を、かえって威圧してしまったことがある。

落ち込んでいる人を励まそうとすると、つい、何かアドバイスしなければと私たちは思う。

アドバイスだと、どうしても相手より目線が高くなりがちだ。

相手を一段、高いところから見たり、相手の非を指摘したり、相手に変われ、と押しつけたりしやすい。

私も、母に「はやく元気になれ＝変われ」と押しつけてしまっていた。それが、すぐには元気になれない＝変われない母を追いつめてしまっていた。

現実に、母を支え、回復に導いたのは、担当医の、一見、励ましとは、真逆にあるような言葉、「もとのようには元気になりません」という言葉だった。

周囲が病気を忌み嫌い、母と一日もはやく切り離そうと焦っていたのに対し、この医師の言葉には、「病気がある日常も、また自然のこと」と受け入れる根本思想があった。

だから、母は安らぎを覚え、この言葉を大切に胸に抱き、落ち着いて、病気のある現実に向かい合えたのだ。

これまで、私自身、励まされて、かえってプライドが傷ついた言葉や、ほんとうに元気になった言葉を思い返すと、

「人を元気にしてやろう！」などと思った時点で、もう、何かエゴが入り込んでくる

ような気がする。
それよりも、同じように、悩んだり、もがいたりしている友人の言葉に、ふっと、力が湧いてきたり、ふと自分に向けられた、深い理解に、気持ちが落ち着いて結果的に、力がもどってきた記憶の方が強い。

代田くんの話にもどって。

あとから聞くと、代田くんが怒ったのは、代田くんが書いた文章に対して、細谷くんが言った、たった「ひと言」だったそうだ。それだけに、ものすごく大切にしていた部分に触ったのだろう。

一触即発の状況で、
私は、代田くんに、「落ち着け」とさとす代わりに、
私自身が、できるだけ落ち着いたふりで、その場に座った。

言葉はなぜ届かない？

私は、彼らを刺激しない程度の距離だけとって、そばに、ただ、黙って、じっと座

っていた。

一時は騒然となった講義室、ちょうど、グループに分かれて作業をしていた途中だった。

私が何を言うかと期待していた学生たちも、あきらめて一人、また一人、と作業にもどっていった。

代田くんのグループの学生も、気もそぞろなんだろうけれど、それでも、一人、また一人、と作業にもどった。

ふと気がつくと、代田くんは、細谷くんの胸ぐらから手は離していた。

しかし、煮えくり返ったはらわたがおさまらないという感じだった。

机に座ったまま、みじろぎもせず、前方を睨みつけている。

全身から、怒りがたぎっている。

方向を失った怒りは、たまり、よじれ、だんだんと、私に向かっているようだった。

やがて、時間が来て、私は講義のまとめをし、講義は終了した。

その直後、代田くんが、ものすごい剣幕で私のほうに近づいてきた。

講義のレジュメを投げつけて、その土地の言葉で、こういう意味のことを言った。

「この講義はなんだ！ 人に文章書かせて、ばかにさせて！」

代田くんは、ここで一気に、やり場のない感情の全部を、はっきりと私一人にぶつけてきた。

私はもう、黙ることも、逃げることもできない。

彼は、「言葉」を求めている。

もうちょっとで、理性が振り切れそうな代田くん、私は押さえようとしても、身がヒクヒクする。

ここで、かける言葉をあやまったら、今度こそ、私は殴られてもしかたがない状況にいた。

いったいどんな言葉が彼に届くというのだろうか？

たとえば、「誤解を解く」というシーンで。「それは誤解だ」が、なかなか通じないのはなぜだろう？

誤解をしてきた時点で、相手が疑っているのは、その事実がどうのこうのよりも、もう、こちらの人間性だ。

つまり、相手から見た自分の信頼性がゆらいでいる。だから、自分の言葉も、ふだんのようには信じてもらえない。

そこへ向けて、誤解されたら、こっちは、それを訂正しようと、必死になって、「それは違う」「うそを言うな」とやってしまいがちだ。

相手から見ると、これは、自分の言うことを、片っぱしから否定されまくっている状態だ。あげく「証拠を見せろ」「いいかげんなことを言うな」とやると、もう、相手は自分の判断力まで否定されているように感じる。

だから、ますます、言葉が通じなくなるのだ。

人を動かす言葉

私も昔、会社にいたときに、後輩のTちゃんから、私が、彼女の企画をかげでけなした、と誤解されたことがある。

まったく身に覚えがなかった。身の潔白を証明しようとして、つい、キツイ言い方をしてしまった。

Tちゃんは、結局、信じるとは言ってくれたが、自分の言い分を強く否定されたためか、むっとしていた。

それよりも、常日ごろ、私は彼女の発想はとてもいいと思っていた。だから、事実の究明なんかよりも、さきに、私が、あの企画を本当にいいと思っていたことを彼女に伝えてあげればよかったと、いまでも思う。

もし、あのとき、代田くんに（あのときは、夢中で、そんなこと考える余裕はとてもなかったけれど）、

「なんだこの講義は！」

と言われて、杓子定規に、

「いや、それは違う、ちゃんとした講義なんだ」

とばかりに、講義のねらいや効果を説明してみても、どんなに配慮や努力をしたと言ってみても、代田くんは、自分の言葉をまたも否定された感じで、よけい腹が立つだけだったろう。

現実には、あのとき、いっぱいいっぱいの私の口から、とっさに出てきた言葉は、代田くんの質問にも何も答えていない、前後の文脈にも、何も関係のない唐突な言葉だった。

私は、代田くんが以前、ある課題を書いていたとき、

もう、まったくのお手上げの状態になって、
どんなふうに突破口をつかんで、
どんなふうに文章を完成させたか、とか。

先日の課題で、代田くんが、
最初に書いたものはどうだったか、
改作したものは、どうよくなったか、とか。

要するに、私がいままで、見てきた、
代田くんの文章への取り組みの真摯なところ、
代田くんの文章の、どういうところを
どんなふうにいいと思ってるか、
うそのない気持ちを一気に、まくしたてた。

誇張でもなんでもなく、私の目の前で、はらわたから全身にはみだしていた代田くんの怒りが、みるみるしずまっていくのが見えた。
代田くんはうなずいて、

う。

たぶん、講義の中に納得するところもあったという意味で、言ってくれたんだと思

と言った。

「納得するところもあった」

ずっと講義室に張り詰めていた緊張は、あっけないほど、あっさり、解けた。

「お願い」も、「おわび」も、「人を励ます」のも、「誤解を解く」のも、技術はもちろん必要で、私もそれを仕事にしているのだが。細かいことよりも、何よりも、どっか、何か、相手と心がつながるところを見つけ、

しっかり「通じ合う」ことが、いちばんの問題解決ではないか、

と私は思う。

落ち込んでいる人は、励まさなくても、たった一人、心が通じ合う人がいれば、力が湧くし、事実の究明よりも、相手と通じ合えれば、誤解は解けはじめている。

そつのないおわびも、一瞬も相手と通じ合えなければ、ストレスになるし。

私自身、「受けたい！」と思う依頼文は、文章の中の必ずどこかに、私の仕事への

適確な理解がある。

逆に、気持ちの通じない人との仕事はとても疲れる。

ストレスとは、自分の想いが、うまく通じていない感じから起こっているのではないだろうか？

今日、あなたが、だれかと通じ合うことには、莫大な価値があると、私は思う。

Lesson 6 正直のレベルをあげる

うそは、人を動かさない。本当のことだけが人を動かす、

と、私は思っているのだが、去年、気持ちを正直に書いたら、友人を嫌なカタチで

ただ、ムカつかせただけ、だったようだ。

あれは、なんだったのかなあ？　と、ずっとひっかかっていた。

昨日、アナウンサーの山根基世さんと、本当の想いを表現することについて、お話

ししていた。

人は本当のことを言おうとするとき、「考える」ことが必要だ。

層の浅い感情を、ただ吐き出すだけでは、本当のことは言えない。

自分の想いを、引き出し、整理する、「考える」作業がなければ……、

というようなことを私が言ったら、

山根さんが、

「司馬遼太郎さんの言葉に、〝練度の高い正直〟というのがある。ズーニーさんの話を聞いて、それを思った」

とおっしゃった。

練度。

そうか、正直にもレベルがある。

単なる「吐きもの」なんて、相手にとって迷惑なだけだ。

だから、友だちは、私を嫌ったんだな。

うそは人を動かさない。しかし、練度の低い正直も、かえって人には迷惑だ。

何度も練り、鍛えて、質のよいものにしあげた正直こそが、人を動かす。

練度の高い正直。

私も、一度だけ、それを体感したことがある。

7ヶ月かけて、『伝わる・揺さぶる！文章を書く』を書いたときのことだ。

会社勤め、しかも、編集者をしていた私にとって、「書く」生活は、予想以上に苦しいものだった。

まず、だれでもそうだと思うが、「想いがうまく言葉にできない」という苦痛が、第一段階。

なんとか言葉を出し、本意ではないところを、何度も何度も、書き改め、やっと自分の想いが言葉になる。

しかし、そこから、「自分の正体を見る」という新たな苦痛が始まる。

書くことは考えることだから、自分の正直な気持ちに向き合わざるをえない。

それは、自分という氷山の底にある根本思想に向かって、掘り進むような作業だ。

掘っていくうちに、自分の甘さや弱さ、エゴが見えてくる。

自分は単に寂しいから、人から注目されたくて書いているんじゃないか？　ほんとうに、表現の教育に情熱を持っているのか？

書きたいことはなんだ？　ほんとは、書きたいことなんて何もないんじゃないか？　それほどのものでもないんじゃないか？

書き進むうちに、自分がぐらぐらして、そのたびに、試され、練り、鍛えられる。

でも、書いていてわかるのだが、ネガティブな自分が見えてくるのは、まだまだ、地層の浅いところを掘っているからなのだ。

というのも、一章なり、一節なり、書けなくて、書いては消し、書いては消し、書いては、直しをくりかえし、

「これが自分の書きたかったことだ！」
と納得がいったときの原稿は、どのひとつも、決して、ネガティブな動機に支えられたものではないからだ。

書いて、みにくい自分が見えてきても、そこでひるんではいけない。そこを一気に掘り進むと、その先に、もうひとつ次の層があって、次の自分の正直が見えてくる。

ここ5年の書く生活で、なぜかそれを信じられるようになった。

『伝わる・揺さぶる！文章を書く』の最後の最後の部分は、ほんとうに書けなかった。

草稿でトライして、書けず。初校で書いて納得がいかず。再校で、どうしても書けず、三校にまわしてもらい、とうとう三校の返しになってもまだ書けなかった。

ここの部分を書き直していると、4〜5時間はあっという間に経つ。時間が際限なく過ぎていく。

編集者さんに会ってもらい、もう、今日の夕方書かなければ、出版に間にあわない、というところまで追いつめられた。

いまから考えれば、その最後の部分は、一冊を通底する、私の「根本思想」でもあり、それまでやってきた、私の仕事の根本思想がなんであるかが、試される部分でもあった。

夕方、ぎりぎりになって、メールで送り、まだ、納得いかず。編集者さんの最後の導きで、最後の最後、思わず出てきた言葉がこれだった。

「あなたには書く力がある」

書き進める過程で、ネガティブな自分もさんざん見たが、そのいちばん底に、横たわっていたのは、

「人を生かす」

人の持つ、書く力を活かしたい、という私の正直な想いだった。

自分の底の底にそんな気持ちがあったことに驚くとともに、まさにこれが自分、としか言いようのない、想いと言葉のぴたっとした一致、人生で、かつて遭遇したことのない一致に、涙がとめようもなく出てきた。その瞬間、ほんとうに何も恐くなかった。

メールの向こうで編集者さんも泣いていた。

「練度の高い正直」といえば、私は、このときほど、練度の高い正直を言葉に表現で

きた瞬間はなかった。ただそれだけで生きていけるほど、勇気が湧いた瞬間だった。

来月、40歳の誕生日を迎える秋のことだった。

本音で生きる。

そんな若者が増えている。

おとなたちがうそばかりついたからか、いまの若い人は、自分にかっこをつけず、正直でいい。

でも、なぜか、寂しそうな目をしている。

「めんどうくさい」
「やりたいことがない」
「だから働きたくない」

それも、正直な気持ちだ。でも、まだそれは、層の浅いところが叫んでいる正直さだ。その層のすぐ下から、そんな自分に傷つく顔がもう、のぞいて見える。

本音で生きる若者は、正直のスタートラインに立てている。

必要なのは、そのレベルをあげるための、具体的な訓練の道ではないだろうか？

Lesson 7 理解の言葉を伝えて

いま、いろんな問題が起こっているけれど、その原因を洗い出して、グループ分けし、さらに、その元を、さらに、その元を……、とたどっていくと、「コミュニケーションの問題」に行き着くんじゃないだろうか？

しかも、すれちがっているのは、「言葉」だ、と私は思う。

もっと言えば、たくさんの人が、「自分への理解の言葉」に飢えている。

理解を注いでほしいところに、必要な理解が、「言葉」として注がれない。それが、「寂しさ」となり、それが、つもって、人の判断力を曇らせ、誤解や、すれ違い、摩擦を生んでしまう。

それが、また、「寂しさ」の種を増やしていく。

たしかに、コミュニケーションは言葉じゃない、言葉じゃない部分が大きいのだ。

それでもやっぱり、どうしてか、寂しい目をし、いま、私たちが求めているのは「言葉」のように思えてならない。

黙ってそばにいて、わかりあえる。
にしては、私たちは、忙しすぎる。
短い時間に凝縮して伝えあえるのは言葉だ。

黙って、わかりあえる。
にしては、私たちの距離は遠く、寒い。
離れていても近く届き、何度も反芻（はんすう）できるのは言葉だ。

口では言わないけど、わかってくれている。
そう信じるには、
私たちの内面はちょっと複雑だ。

　私たちの内面は、生まれたときからたくさんの情報で膨れ、複雑に編み上げられている。他の人と自分の違い、それは「わずか」かもしれないけれど、その「わずか」は、複雑に繊細に編まれている。
　その網目をかいくぐって、心の奥底まで届いてくるのは、やっぱり言葉だ。

黙ってそばにもいてほしい。

なんにも言わずにわかりあいたい。

それでも、やっぱり、「言葉」がほしい。


わたくし事だが、ひさびさに、ストレスから「声」が出なくなった。

いま、ニューハーフのような声でしゃべっている。

ほんとにたまたま、人間関係で、つらいことが重なった。

私は、がまん強いので、たいていのつらいことならだれにも言わず、ひとりで、ぐっと飲み込んで、なんとかのりきってしまう。

この、耐える強さは並外れてある。そこを過信してしまった。

つきあげるつらさをぐっと飲み込んで、ひとりじっと耐えていたら、ようやく出口に向かうところで、たまたまつらいことが重なった。

さらに、じっと、抱え込んで耐え、いつものようにのり越えられると思ったら、おもしろいように、そこにまたつらいことが重なってしまった。

いや、まだまだいける。この程度ならいつも耐えてきた、と全面的に、ひとりで耐える態勢を決め込んでいたら。

からだの方が、「あの……、これ以上ダメです。もう、もちませーーん！」と音を上げてしまった。なんだ、口ほどにもない。

からだは正直だ。

私の場合、のどが弱いのか、ほとほとだめなとき、「声」が出なくなる。

仕事の方は、テレビや単行本や、さまざまな講義、講演のご依頼や、ひさびさに、あたたかい光が重なって注いでいる。

光がくれば、その分だけ別の方面では、影もくるんだな。

プラス、マイナス、つくづくうまくできているもんだと思う。

ひさびさに、声が出なくなるまで、「つらい」ということを体感し、

「あれ、今日を生きる意味がない」

というような感じにおちいってしまったときに、仕事でミーティングに行かなければならなかった。立ってるのもやっとという感じだったのだけど、そこはプロ意識で、ちゃんとやれるとまた過信した。

編集者さんとの長いミーティングを経て、何か、自分がいままでやってきたことの意味を取り戻したような気がした。

「今日、お話しできてよかったです。おかげで、明日からも生きていこうと思えるような、細い手がかりが見つかったように思います」

というようなことを、言って、

「しまった！」

と思った。私は、ミーティングのゴールを間違えてしまっていた。すまい、すまい、と思っていたのに、仕事の席で、思わず、「自分探し」をしてしまっていたのだ。

なんて「青い」ことをやってしまったのか、とガクゼンとした。

「仕事で自分探しをするな」、

さんざん自分で言ってきたことだった。

でも、生きるのがつらかったので、無意識に、必死に、自分が生きる意味を探してしまっていた。

仕事で、「自分探し」をしてしまう、そうせずにはいられない、若い人の気持ちが、やっと身に染みてわかった。

みんな、つらいんだな。

自分の内面の欠乏感が深いと、遠い、りっぱなゴールは描けない。認識力や、判断力も落ちてしまう。目先のゴールで、なんとか自分の内面を満たそうとする。

ちょうど腹がすきすぎているときに、どんなに遠くの高い山を指しめしてもらっても、目の前の食べ物にしか集中できないように。

私が、若い人に、仕事のゴール設定や、コミュニケーションのテクニックを、どんなに教えようとしても、教えこんでも、

若い人の心が、深い欠乏状態だと、生きないんだな、と身に染みて思った。

考えたら、そういうことは、日常によく起きている。

みんな、いい仕事をしようと思って仕事のゴールを描いて、職場に集まってくる。人とのコミュニケーションをとる。

ところが、自分のやってることがあまりにも理解されないと、いつのまにか、「わかってくれ」がゴールになってしまっている。

相手と自分の、自分と会社の、ゴールがずれてしまうと、コミュニケーションは迷走する。

そこをプロじゃないと否定するのもいいし、厳しくゴール設定を確認し、押しつけるのもいいだろう。

でも、へりきったお腹では、山に登れない。みんな理解に飢えている。ペコペコだ。

そこに、おにぎりひとつ、栄養を与えあって、さあ、頂上を目指そうか、という行き方もある。

だから、仕事や、日常や、さまざまな場面で、相手に対する理解を、まず、きちんと言葉にして伝えるということは、多大な可能性を持っていると私は思う。

それがあって、心の空腹が満たされてこそ、その先に、相手の持つ、認識力や判断力、コミュニケーション能力は生きてくる。

いま、私ののどは回復に向かっている。

ちょうどいま、テレビに出ているので、「観たよー！」という読者からたくさんのメールが届く。

うれしくて、おもしろくて返信していると、時が経つのも忘れ、気がつくと、かたく握ったおにぎりをお腹にいれたように、自分が元気になっていることに気がつく。

なぜなら、メールの一つひとつには、「理解の言葉」があるからだ。

返信を書くというのは、自分への理解を食べるような行為だ。

ものを書く仕事の孤独や、人前で表現することの恥に、つらくなってしまうことも、いまだにあるが、たくさんたくさん自分を表現してこそ、やっと、ひと言、たぐり寄せられる、他者からの「理解の言葉」に、どうしようもなく、心が満たされていくのを感じる。表現する仕事を選んでよかったとつくづく思う。

ほんとうに、「あなた」＝読者から届くメールにいつも支えられています。
とくに、この桜の季節は、心を強くしてくれました。
ありがとうございます。

あなたからの理解を待っている人はだれだろう？

今日、それをきちんと言葉にして伝えたなら、それは、思うより、ずっと素敵な、相手を生かす、まわりを変える力につながると思う。
ふるさとで、「テレビを観たよ」というおばから手紙が届いた。最後に、その言葉を引用しておこうと思う。

おばからの手紙

新見の桜もぼつぼつ散りはじめました。
お花見は出来ましたか。

本放送を2回、見せて頂いています。
話し方もゆっくり落ち着いていてよくわかりました。
大学での体験が役に立ったのでは、と思っています。
これからもみどり（＝本名）さんらしく
自分のやりたいことに挑戦して行ってくださいね、
勇気と夢を持って、今しかできないことって、いっぱいあると思いますから。

それから、これは、私がいまさら言うべきことではないけれど、
生み、育ててくれた、お母様、お父様に、感謝の言葉を、伝えてあげてくださいね。
なかなか言葉に出しては、言えないけれど、一番うれしいのではないかと思います。
はなれていると、なおさら、
元気な内に、
とこれは実感です。

私も父の元気な内に、
テープに声を取っておきたかったと最近思います。
そんなことが、テレて、きらいな人でしたから、実行出来ませんでしたが……

何かと忙しい日々とは思いますが、どうかくれぐれもお体を大切に。
時には、心も体も、ゆっくり休める日をつくってくださいね。

それではまたね。

Lesson 8 哀しいうそ

人の「うそ」に、とても敏感になってしまったような気がする。

どうしてか、「この人は、うそを言っているな」というのが、すぐ、わかってしまうときがある。

いま、仕事の依頼を受けて、じつにさまざまな人とお会いするが、「うそ」を言っている人は、会った瞬間にわかる。

すると、たった1時間、向かい合って、話をするのが、苦痛で、苦痛で、苦痛で、しかたがない。

ほんとうは、そういう人は、依頼文を見たときに、わかる。

でも、そうは思いたくない。

会って、話もしないで、人を見切るようなことは、私はもっと、嫌いだ。だから、「予想よ、はずれてくれ」と願い、必ず、会って、ちゃんと話をする。これからも、きっとそうする。

でも、その予想がはずれたことはない。

「人のうそがわかる」という、もの言いは、自分でも、傲慢で嫌いだ。でも、考えたら、表現の教育は、文章のうそを見破り、その人のほんとうの想いと、言葉を一致させていくような作業だ。

積極的に、事実と違うことを書こうとする人は、ほとんどいない。でも、ほんとうのことを書かない人は多い。

ごまかしたり、受け売りですましたり、とにかく、実感のない、自分の命のはいってない、言葉で、字数を埋めようとする。

表現は、うそか、ほんとうか、しかない。

ほんとうの言葉だけが、伝えるスタートラインに立てる。

うそで、うまく切り抜けたと思っても、ふりかえれば、空洞。すべてが虚しく、結局、ふりだしにもどらされ、正直な言葉を言わなければ、一歩も進めなくなる。

そんな、表現の教育をつきつめてきた自分が、うそに敏感になるのは、しかたがないのかもしれない。

独立してからの5年間。「うそをつかない」というのが、私の唯一のルールだった。

会社を辞めたときに、いままで、会社の中では、真実だと思っていたルールが、よそで通用しない、というのをまのあたりにした。すべてのルールは、相対的なものなのか。

じゃあ、自分は何をルールに行動したらいいんだ？

そのときに、「うそだけはつかない」と決めた。一人で仕事をすることが多い日々の中で、自分にだけは、あいそをつかされないように。自分は自分のことを信じて、好きでいられるように。

おかげで、5年経ったいまも、仕事を続けていられる。

ものづくりの現場には、正直な人が多い。

うその表現が、人の心をつかむことができないことを、みな失敗と、苦い経験を通して知っている。

正直が正直を呼ぶ、そんな人のネットワークの中で、自分の正直の度合いも、鍛えられてきたような気がする。

だから、想いと言葉が一致しない、ごまかしで時間を埋めていく人とは、1時間でも、話すのが、苦痛でしかたがない。

なぜ、ほんとうのことを言わないのだろうか?

1階の奥さんは、うそを言っている

3階のマンションの2階に暮らしていたときのことだ。

朝、1階の奥さんが、2階の私のドアをたたいて、ドア越しに、「2階のベランダから水が落ちてきた」と言う。

私は、水など使っていなかった。ベランダを見ても異常はない。

寝起きだったので、ドアもあけず、

「水は使っていません、うちではありません」

と言って、その場は済んだ。

夕方。

気になって、3階の奥さんに聞いてみたら、水を落としたのは3階だった。

原因がわかったので、1階の奥さんに知らせに行った。

1階のドアをたたき、出てきた奥さんと目が合い、ろくに話もしないうちに、「この人はうそをついている」と思った。

それから、1階、3階の奥さんと私の、三人で話を始めた。

話は、とても単純で、ふつうなら、

「水を使っていたのは、3階でした」

「あらそうでしたか、疑ってごめんなさい」

「いえいえ」

「水を落としてごめんなさい」

「いえいえ」

「これから気をつけます」

と、話は3分で済むはずだ。

ところが、その場は、ものすごく妙だった。

話せば話すほど、モヤモヤ、モヤモヤ、モヤモヤしていく。体の中に、煙がたまっていくような感じだ。

私がひと言いえば、1階の奥さんは、ちゃんと説明する。その説明は、実に、すらすら、つじつまがあっている。

1階の奥さんは、笑顔で話しているし、腰もひくい。

でも、なんだろう。

1階の奥さんが、話せば、話すほど、どんどん、モヤモヤ、モヤモヤする。

これは、私が、へんな先入観を持っているからなのか？

そう思って、もう一人の3階の奥さんの顔を見ると、やっぱり、モヤモヤをつのらせている。

なんだろう、理屈はすべてあっているのに、この釈然としない感じは？？？

私は、なんとか、1階の奥さんにほんとうのことを言ってもらおうとした。

「私に他に、何か言いたいことがあるのではないか」

いろいろ、引き出す質問をしたり、自分のことを話して、相手に、話しやすくしたり。

でも、1階の奥さんはにこやかに、同じ説明をするだけだった。

まさか、「あなたはうそを言っている」とは言えない。

根拠がないし、自信もない。

はずれれば、人間に対して、こんな失礼なことはない。

家族も、ここに居づらくなる。


しかし、どうにも釈然としない。

時間はたつ。

私はとうとう、

「奥さん、口ではなんとでも言えます。

でも、うそはわかる。

ほんとうのことを言ったら、すっきりします」

というような意味のことを、言ってしまった。

言いながら、自分は、なんてことを言ってしまったんだとオロオロした。


「実は……」

1階の奥さんが、口をひらいた。

それは、あまりに意外な言葉だった。

「実は、ついさっき、関西の親戚から電話があって、身内が亡くなったんです。

これから、急いで、支度して、夫とこどもをつれて行かなければならないんです」

一瞬で、すーーーっと、霧が晴れた。

私だけでなく、3階の奥さんも、ご本人も、三人の間の空気が、一気にすっきり澄んだ。

と、同時に、おくやみの気持ちに変わった。

私たち三人は、急いで、散った。

ろくに言葉もかわさないのに、なぜか気持ちが通じていた。

家に帰ってからも、衝撃がおさまらず、ずっと、そのことを考えていた。

三人で、あの、つじつまのあった話をしているとき、なぜ、心は、まったく、晴れなかったんだろう？

うそをついていると思ったんなら、ご親戚の話だって、うその可能性があるはずだ。

なのに、どうして、ご親戚の話は、一発で、ほんとうだとわかったんだろう？

ほんとうのことは、なぜ伝わるんだろう？

前後の話と、まったく脈絡のない事実だったのに、ほんとうのことは、なぜ、あんなにも、スッキリと人の心を晴らすんだろう？

それよりも、何よりも、

なぜ、奥さんは、ほんとうのことを言わなかったんだろう？

私が呼びにいったときに、なぜ、

「ごめんなさい。いま親戚が亡くなって……」

と言わなかったんだろう？

それが生々しい、あるいは、他人に心配をかけたくないのであれば、

「ごめんなさい。どうしても、急ぎでやらなければいけないことがあって……」

と言わなかったんだろう？

そのとき、奥さんがついたうそは、人をだますためのものではない。言っても、自分にとって、まったく、なんの得にもならない。

あまりにも、ちいさな、ちいさな、うそであった。

そのちいささが、どうしても、哀しかった。

ほんとうのことを言えないのか？

言わないのか？

奥さんはなぜうそを言った？

この話をときたま友人にすると、

うそというほどの、うそでない、ちいさなうそをついてしまうことが、習慣になっている人がけっこういることを知らされる。

たとえば、女の人が妊娠、出産などの都合で、仕事先に、スケジュールの変更をお願いしなければならないようなときに、正直にそれを言わず、

「印刷会社さんの都合で……」

と言うとか。

ほんとうのこと、というのは、人から見て、なんていうことではなくても、言おうとすると勇気がいる。

なんとなく、ここでほんとのことは言えない。

なんとなく、ここでは、ほんとのことを言わない方がいい。

なんとなく、恐い。

なんとなく、言わずにおこう。

それは、0・5歩くらいの、罪のない、ちいさな引きだ。それでも、ふりつもっていくことで、何か、空気を淀ませていく。

私たちは、うそとも言えない、やさしい、罪のないうその霧の中で、今日も少しだけ、活気を奪われていく。


あの、奥さんは、なぜ、うそをついたんだろう?

話の途中で、私が表現の教育をやっていると言ったら、

「私も、想っていることが言いたくても言えないのだ。ここにきて、まわりに知っている人も少ないのだ」

と言っていた。

私をお茶に呼んで、いろいろ話をしたいと思っていた、とも言っていた。

そのときの目は、うそではなかった。
どうしてか、私も、友だちになりたかった。

あの、奥さんは、いま、思っていることが、出せるようになっただろうか？

表現には、うそか、ほんとうか、しかない。
ここで、うそを言うか？
ほんとう、を言うか？

勇気がいる方を、私は選んでいきたいと思う。

Lesson 9 「お願い」の肝

人に「ものを頼むこと」を、「返事をもらうこと」と思っている人が、わりといるようだ。

たとえば、私が近ごろ返事に困っているのは、こんな依頼だ。

わかりやすくするために、ちょっと極端にして紹介すると、

「もしもし、山田ズーニーさんのお宅でしょうか？

はじめまして、××社の○○と申します。

実は、ズーニーさんに、単行本をお願いしたいんです。書いていただけないでしょうか？

あ、あの、お願いしてもよかったんでしょうか？

だめだった……でしょうか？

あ、内容ですか？　内容、コミュニケーションの本と考えておるんですが……。

で、書いていただけるんでしょうか？

いただけないんでしょうか？」

これは、いわゆる「返事つめより型」の依頼だ。

お願いの中身もそこそこに、YESか、NOかと、相手に返事をつめよる。答える方は、情報がないので判断のしようがない。

もしも、たったこれだけで、「はい書きます！」と私が言ったら、かえって無責任だと思う。

出版は責任の重い仕事だ。安請け合いはかえって迷惑で、内容や対象や時期など、必要最低限のことはうかがってからでないと、返事のスタートラインにも立てない。

でも、この、返事をつめよるような依頼をする人は、先に「返事」をもらってから、それから「お願い」をしようと思ってるんではないか？　とさえ、思える節がある。

そう、通常は逆。先に「お願い」をして　↓　それから「返事」をもらう。

でも、「返事つめより型」の人は、先に「返事」をもらって　↓　それから「お願い」？　なのだろうか。

たとえは悪いかもしれないけれど、先に「おつきあい」をして、それから「結婚の約束」ではなく、「結婚してくれるか、くれないか」、相手に返事をつめよって、そこで「結婚する」と、あらかじめ約束してくれた相手とだけ、そんなら「つきあう」、みたいな、妙な、逆転現象がある。

これは、なぜなんだろうか？

これを読んでいる人の中に、そんな依頼をする人がいるのか？　と思っている人もいるかもしれないが、

「いる」。

少なくともわたしの実感では、最近、目立って、「いる」。

だけど、たとえば、いきなり知らない人から電話がかかってきて、「100万円のブレスレットがあります。買いますか？　買いませんか？」と言われても、少なくとも、それは、どんな形で、どんな材質で、どんな魅力があるのか、聞いてからでないと、返事も何も、しようがない。


「返事をつめよるな、伝えろ！」


と私は思う。

「お願い」の見せ場は、「頼み込む」ところにも、「返事をつめよる」ところにもない。

「伝える」ところにある！

少なくとも私は、自分にそう言い聞かせている。そう言えば、私が本をお受けした編集者さんは、みんな「伝える」というプロセスを大切にされていた。

頼み込むのでなく、返事をつめよるのでなく、ある人は電話で、ある人は手紙で、ある人はメールで、ある人は実際に会って、ある人は、自分がこれまで手がけた本を見せて、ある人は企画書で、ある人はタイトルや目次をつくって。

みな、それぞれに違った、自分らしい方法で、日ごろ私が書いたものをどう理解しているか、自分はどんな編集者か、一緒にどんな本をつくりたいか、「伝える」ことを大切にされていた。

そう言えば、私が、本をお受けした編集者さんのお一人は、私に「書いてくれるか、書かないか」と、1回も返事を聞かなかった。

ただ、テーマを投げかけてくださって、1回目にお会いしたときは、そのテーマについて面白いおしゃべりをし。2回目にお会いしましょうというときも、「書いてくれるか、書かないか」などまったく聞かず、そのテーマを本にするべく、さらに突っ込んだ話をした。

もちろん、そのテーマが、自分の問題意識にピッタリだったのが大きいが、その編集者さんの姿勢には学ぶものがある。

商品で言えば、相手に「買え」とはひとことも言わず、相手に「買うか、買わないか」も全然つめよらず、淡々と、淡々と、商品の魅力を「伝える」。

そんなアプローチにかえってお客さんはひきつけられる。

私が、尊敬する編集者さんには、共通して、必要なものには「払う」感覚があると思う。

お金やモノをくれるという意味では決してない。

必要なものに労力を払う。時間を払う。創造力を払う。

たとえば、最初から、本のタイトルや目次、中身まで、かなり具体的につくって持ってきてくださる編集者さんもいる。相手が書かないとなれば、その労力はすべて無駄になる。それでも、そんなことはおかまいなしに、惜しみなく労力を「払って」、依頼に臨んでおられる。

手紙や、企画書をくださる方もやはり、それだけの労力を「払って」いる。

また、何度も会って、お話の中で、企画を形にしていかれる編集者さんも、それだけの時間を「払って」いる。

一方、「伝える」ということを、まったくといっていいほどしないで、「返事をつめよる」依頼をする人に、見え隠れするのは、

「それなりの努力は払うつもりだが、それは、やってもらえるという感触なり、保証なりを、得て、その先だ。無駄な労力は払いたくない」

という感覚だ。

依頼するものにより、場合により、これは、否定されるべきものではない。むしろ、効率的、合理的、と奨励されるのかもしれない。

でも、それは、大勢の中から選ばれる依頼か、人の心を揺り動かす依頼か、というと、そうではない。

さらに、私が、そうした人に感じるのは、合理主義より、もっと、漠然とした恐れのようなものだ。

どん！　とお願いして、どん！　と断わられたら、傷つきそうで、なんとなく恐い。

だから、あらかじめ、相手の返事を探りながら、ちょっとずつ、ちょっとずつ、自分をひらいていく。どことなく臆病な依頼。

腰が引けると自分もつい、そうなる。

自分の依頼がうまくいっているのなら、どんなやり方でもいいと思う。

でも、うまくいかないとき、次の三つを、惜しみなく「払い」、「伝え」てみてはどうだろうか？

・日ごろ相手をどう理解しているか。（相手理解）
・自分はどのような想いをもってこれに臨んでいるか。（自己紹介）
・一緒に何を目指すのか。（志）

これから何か、人に「お願い」をしようとしている人におうかがいします。

相手に返事を迫るまえに、「伝え」ましたか？

Lesson 10 ブレイクスルーの思考法

つらいところに追いつめられることは、だれにもあるものだ。

脱出困難のつらい状態を、どう考えて、ブレイクスルーするか？　それを考えてみたい。

私は一大決心をして、表参道にオフィス兼自宅を移して、今日で6日になる。

正直、これだけ場に投資して、だれも来てくれなかったら、どうなるか、がらんとした部屋で、ひとり、不安だった。

それでも、「出会いと交流」を大事に、自分で考えて、決めて、動いて、自分の責任の取れる範囲でやったことなのだから、「失敗したっていい」、「理想を形にすることが大事なんだ」、と自分に言い聞かせていた。

心配をよそに、初日から、編集者さんや、アーティスト、クリエイター、学校関係の方々、仕事の打ち合わせや、取材の方々が、続々と来てくださった。

「人の流れ」がある場だと改めて実感する。

新しいオフィスは天井が高く、ガラスになっているので、「光」と、窓が多いので、「風」が通る。「緑」もある。何より、非常に「静か」なので、いきなり、深い話にもなるようだ。

表現の話や、仕事の話、仕事以外の話、短期間に、たくさんの人と、心ゆくまで話をしたあとは、自分の顔つきまで違っているように見える。

ゲストのひとりが、

「ズーニーさん、教育を志しているんですね。それなら、生徒一人ひとりに違う表紙の教科書をつくっている面白いプロジェクトがありますよ、行きますか？」

と、教育系のイベントにつれていってくれたり。そこでまた、新しい人に出会ったり、自分が教育でやりたかったことはなんだったかを問い直したり。

そういえば、私は、こうして自分のオフィスで、半分仕事のような、半分遊びのような話をしながら、出会いによって引き出され、そこから、次の展開があったり、新しいものが生まれたりすることを、ずっと理想に描いてきた、と思った。

それをいま体現していると思ったら、感慨がある。

理想を描いて、そのために努力していくのもいいし、とりあえず、できる範囲で「先に理想を形にしてしまって」から、「そこから」考えはじめるのもいい手ではないかと気づく。

オフィス移転は、即断、即動だった。

少しまえ、「理解の言葉を伝えて」のところで、仕事ではなくプライベートの方で、ちょっとつらいことが重なって……というようなことを書いたが。

いま考えれば、そのつらいことがあって、ほんとうによかった。

それが、いい感じで、次の動きを後押ししてくれたと思う。

そういえば、今回は、つらい状態から、とても早く脱却していたな、と気づく。

なぜ、なんだろうか？

もともと、私は、なんでも「じっくり」タイプだ。私は、つらい状態に追い込まれても、わりと「耐える」というか、「待つ」というか、どうも、ポジティブシンキングで早めの問題解決、というようなガラじゃないのだ。

でも今回は、気づいたらとても、早く。しかも、迷走したり、いびつになったりもしないで、きわめていい感じで抜け出せていた。そこに、

「捨てて、ひらく」

というような思考法があったように思う。後づけだけど。

いま、脱出困難のつらい状態に追い込まれているとしたら、それは、「自分の世界観」の限界として起きている。

つまり、自分がいままで築いてきた知識や経験、人間関係を含めた、自分の持てる世界では、対処できない問題だ。

そうなると、自分の世界の外に向けて「ひらく」ということが必要になってくる。

わかりやすくするために、たとえば、自分とAさんとの間に問題が生じているとして。

たいていは、自分とAさんとのにらみ合いの中で、問題を解決していこうとする。

これが解決困難なばかりか、ゆきづまってしまったときどうするか？

いったん、自分とAさんとのにらみ合いから、視線をはずして、目を外に、つまり、いま自分が持てる人間関係の外にいる人、外にある物事に、自分を、ぐぐっと「ひらいて」みる。

そうして、自分の枠組みそのものをひろげ、再び、自分とAさんの関係に向かったときに、まえとは、違った見え方ができる、という理屈だ。

自分を、自分の枠組みの外に押し出す、ということは、つまり、「出逢う」ということだ。

私は、このごろ、つらいところに追いつめられたとき、心の中で、

「出逢う」

と言ってみる。

人なのか、コトなのかわからない。

出逢う、出逢うと。

すると少し風通しがよくなる。

つらい人が、自分を閉ざしているというのは、まだ序の口で、ほんとうに人は追いつめられたら、いまいる自分の領域の外に、自分を「ひらかざるをえない」ところまでいくのではないだろうか?

第２章

本当のことが言えてますか？

Lesson 11 毒

文章でも、ものづくりでも、完成度って、なんなんだろう？

あなたが、仕事でも趣味でも、とにかく、なんかつくるとして。その中身が、1から10まであるとしたら、

「1から10まで、全部、完璧にしあげたいですか？」

じゃない、とすれば、じゃあ、

「何を目指してる？」

先日、妙な光景を見た。

これを読むことで、ムカつく人もいるだろうけれど、それを承知で、あえて書こう

と思う。

先日、友人とあるライブに行った。5〜6組のミュージシャンが出る中のひとつが目当てだったのだ。

「何様」を承知で

ところが、会場に行ってすぐ、自分たちが場違いのところに来たことに気がついた。若い女のコばっかりなのだ。それも、とてもおとなしそうな、ごくふつうの格好をした女のコ。みな似たような感じの格好をしているので、一見して、みんな同じに見える。

私がよく行く、吉祥寺や高円寺のライブハウスとか、ロックのライブに来ている、内面や格好のどっかとんがった空気の漂う若者とは、まったく対照的な景色だった。こんなおとなしそうな、なかなかライブに動員しようとしても、足を運んでくれなさそうな層を動員するなんてたいしたもの。動員したミュージシャンはいったいどんな人なのか？

どうやら、女のコたちのお目当ては、うち2組の、かっこいいお兄さん系のミュージシャンらしく、この2組が、会場の人気を二分しているようだった。

そんな会場で、私と友人、中年二人が浮いていたが、私たちが観にいった中年ミュージシャンもまた、このイベントの中で、完全に浮いていた。

とうとう、女のコたちのお目当てのミュージシャンの番がきた。


これが、「つまらない」のだ。ところが、「うまい」。

こう書くそばから、批判メールで、

「音楽のよし、あし、って、人それぞれじゃないですか。そりゃあ、ズーニーさんには、つまらなかったかもしれません。でも、それを好きな人には100%なんですよ！それをバッサリ斬るなんて、何様のつもりですか！ズーニーさんの書くものだって、つまらないという人がいるんですよ！」と言われる声が聞こえてきそうだが。

そう、そのとおり。その「何様」を承知で、ムカつくだろうけど、もう少しだけ聞いてほしい。

2組のうち1組は、音楽において、言いたいことが何もないんだな、と、私は感じた。1曲1曲が、すでにいるミュージシャンの焼き直し、しかも、曲ごとに、その対象が変わる、「この曲は、あのひと風、次の曲は、このひと風……」。

もうひと組は、言いたいことはあるんだけど、それが、つまらない。


「つまる」か、「つまらない」かの境目はむずかしい。

ごく平凡な個人の日常を描いたって、響くものは響く。

つまらないものは、つまらない。

たとえば、こどもの写真を年賀状にしていても、その人が、わが子がかわいいんだなということはわかるが、イマイチ、見る方には伝わってこないものと、なんだか、見ている方まで、ほのぼのあったかくなって、家族っていいな、と、見る人に思わせるものがある。

この人の場合は、全曲が、女性に対するラブソングで。ほんとうにその人のことが好きなんだな、その人と、完全な内面の一致をみたいんだな、ということはわかるが、それ一点ばりで、それ以上の、聴く側の心をもっていかれるようなものがない。

では、ステージはつまらなかったのか、というと、
これが、「うまい」のだ。

2組とも、若く見えたが、30代、ライブ経験は十数年ということだ。

ずっとずっと、ライブ畑で、観客の反応をまのあたりにし、その息づかいを感じながら、10年以上やってきて、磨き上げたものがある。

ふしぎな熟練がある。

それは、やっぱり、現場にいると無視できない。

技術、なのだ。

あきさせないように、テンポよく展開するし、トークで場を盛り上げるのがうまい。客を乗せるのもうまい。観客の、「この辺で、うまく盛り上げて、立って踊りたい」、「ここで笑わせて」、「ここで泣かせて」という期待にも、ちゃんとはずさず、応える。

私の目の前で、女のコがハンカチで涙をぬぐっていた。

私も、つい、乗せられて、立ったり、手拍子をしたりした。最後まで、そのペースに、つい巻き込まれてしまった。

だけど、みょーーな感じなのだ。

乗せられているけれど、乗りきれない。乗ってないんだけど、巻き込まれてしまう。

このミュージシャンたちは、ひと言で言って、

「つまらなうまい」のだ。

マネでなく、代弁でなく

生まれて初めて体験したこの、みょーーな感じに、ライブが済んでからも、いつま

でも、ぐるぐると、自分の中で、嫌な感じがとぐろを巻いていた。

しだいに、いきどおり、のようなものがこみ上げてきた。

「そんなつまらないものを、そこまで、磨き上げちゃいかん」


何様を承知で、私は思った。

そんなふうにして、30歳そこそこでできあがってしまう前に、もっと早い段階で、どっか突き破ったり、打ち壊したりして、もっとふてぶてしくて、やな奴でもいいから、ゴツゴツと、可能性の突き出した30代になれなかったのだろうか?

「小さな完成品を目指すな、大きな未完成品であれ」


という亡き人の言葉がよみがえる。

この人たちの20代に出会いたかったな、と思った。そのときは、もっととがって、斬れるナイフのようだったろうか?

こんなに早く、ちいさくまとまってしまい、すでに、音楽性も、ステージも完成されている。

このままぐんぐん、どんどん、磨き上げても、ブラックホールのように、ただ密度を増していくだけで、何かが変わる予感がしない。

ファンも、いまさら、もう、変わることを許さない。


緊密な世界。先が、ない。


きっと20代に突出したものを持っていただろう、彼らが、なぜ、こんなにも早くできあがってしまったのだろうか？

それは、彼らが、1から10まであるとしたら、1から10までぜんぶ磨き上げるようにして「完成度」を追ったためというよりも、

彼らの「親切心」からではないだろうか？


彼らは、見るからに無垢で、繊細、やさしい人柄が感じられる。

ライブにくるお客さんの気持ちがよくわかった、わかりすぎた。

良心的に、それに、「応える」ということをしすぎてしまった。

親切に、１００％お客さんの期待に「応えて」いった結果、ステージの完成度は高

いが、何か小さくまとまってしまったのではないか。

ときに、お客が、どん引きしても、ぬけっ、と、ずけっと、「俺は、今日、これでいく」というような「毒」が、彼らにはなかったのではないだろうか。

表現する者には毒がいる。

小さく完成するな、と、じっと自分に言い聞かせてみる。

あなたが、何か、つくるとして、その中身が、1から10まであるとしたら、1から10まで、全部、完璧にしあげたいですか？

じゃない、とすれば、じゃあ、
何を目指していますか？

Lesson 12 話をしていておもしろい人

話をしていて、おもしろい人と、なんだか、つまらない人、いったい何が違うのだろうか？

私が、いま、話していて、おもしろい、と感じる人には、共通点がある。

たとえば、私が、Aという問題について、「どう思う？」と投げかけてみると、私が、いま話していて、おもしろいと感じる人たちからは、すぐにポン！　と直線的な答えが返ってくるわけではない。

私の投げかけをじっと受けとめて、言葉を発するまでに、独特の「間（ま）」がある。

この「間」、会話にふっと訪れる静けさが私は好きだ。

気持ちを新たにしながら、つつしんで、いったいどんな言葉が返ってくるのかを待つ。どきどきもする。

しばしの沈黙ののち、最初に発せられる言葉は、一見、私の投げかけと距離のあるような、意外な言葉だ。

これが一段階。

そこから、二段階、三段階……、

場合によっては、四段階と、言葉を重ねるようにして、しだいに、ググッ、ググッ、と、話が核心に近づいていく。

そのようにして、最終的に私に届けられたメッセージは、胸にじーんと染みて、私は、しばらく返事をするのも忘れ、その、返された言葉の感慨にひたっていることがある。

一方、話をしていて、なぜかつまらないと私が感じる人の共通点は、ひとつはっきりある。

「予定調和」だ。

どこから言葉が出てますか？

もちろん会話は二人で分担するものだから、相手に予定調和な会話をさせている責任の半分は私にある。それを認めたうえで、そういう予定調和の人は、返答のスピードがはやい。すぐ、はずれていない言葉を返してくださる。ためにもなる。

日ごろよく勉強をされていることが感じられるし、頭の回転もはやそう。ふいの沈黙もなく、淀みなく、ポンポン、安心して会話が続けられる。

でも、それは、「心がやすまる」というのとは、どこか違う。

人が、からだの、どれくらいの深さから言葉を発しているか？

というと、この予定調和な感じがする人は、胸の上のあたりに、「返答用のファイルボックス」がある感じだ。

日ごろから、仕事のシーンや、世間話や、会話に困らないように、ネタや情報、処世術など、勉強して、集めて、ストックしている。どうも、その、胸の上あたりのファイルボックスから、ネタを出し入れしながら、しゃべっている感じがする。

「Aについて、どう思いますか？」と問うと、

「一般的に、こういう場では、どのような返答を返すことがいいのだろうか？」

という、検索軸が立つ。ファイルボックスから、適切な答えをもってきて返す。

それは、はずれてない。はずれてないんだけど、どっかで聞いたような気がする。

ためにはなるんだけど、胸に染みいるものではない。

一方、私がいま、話しておもしろいと感じる人たちは、言葉を発するまでに、しば

し、黙る。

この沈黙の間、彼らは、ダイビングしているように思う。

声を発するのどがあって、胸に降りて、食道も通って、胃があって、腹があって、腹の底の、もっと人として深い部分に、その人が、いままで生きてきた、深い深い、「経験の湖」がある。

そこには、その人の経験の中でのたくさんの「想い」「記憶」が、まだ、言葉を与えられないまま、混沌と浮かんでいる。

「Aについて、どう思いますか?」と私が問うと、彼らは、沈黙の間に、迷いなく、まっすぐ、この「経験の湖」に降りていって、この膨大な湖の中に、いま、私から聞かれたものにこつんと触るものがないか、探す。つかむ。

しかし、それは、まだ、言葉を与えられていない。

この深い経験の湖から、腹、胸、のど、と水をくみ上げ、最終的に言葉にしていく、「ポンプ」のようなものがある。

これが、「考える筋肉」だと私は思う。

有効な「問い」と言いかえてもいい。

第1ポンプで、Aという問題と重なる、まだ言葉にならない自分の経験・想い・記憶をくみ上げ。

第2ポンプで、その状況を鮮やかな言葉にして、くみ上げ。

第3ポンプで、その意味を考え、くみ上げ。

第4ポンプで、核心のキーワードを浮上させる。

そのようにして、出てくる言葉は、私の投げかけに応じて、たったいま、このためだけに、つくられ、生まれ出たメッセージだ。

たきたてのごはんのような、いわば、オーダーメイドの言葉なのだ。

ファイルボックスから出される、既製品の言葉と、おもしろさに差を感じるのも無理はない。

勇気あるダイバー

話ベタである、ということにコンプレックスを感じる人は多い。

私も、自分が「つまんない」とへこむときが多い。

でも、話ベタな人が、「不勉強なもので」とか、「無教養だから」という方向に、逃げをつくってしまうことが、私には、残念でならない。

たしかに、教養がたくさんあることは素晴らしい。よく勉強をして話題やネタが豊富な人を、私も好きだ。そこは否定しない。

でも、そうして、ネタを仕込み、勉強をして、ファイルをいつも、ぱんぱんにしておかないと、私たちは、おもしろい話ができないのだろうか？

人が持っている経験や、その中から生まれたさまざまな想い、感覚は、当人から見れば、ふつうで、なんのおもしろいことではないかもしれない。

でも、自分とは違う他人から見れば、自分で思うより、よっぽど新鮮で、かけがえないかもしれない。出して、みなければ、それは、わからない。

「考える力」があれば、ファイルは、スカスカでも、いままで生きてきた自分の湖に何度でも潜りながら、その場で、「考えて」、「考えて」、新しく言葉を、生み出すことはできる。

相手に投げ返すことができる。

話しておもしろい人と、おもしろくないと感じる人の差は、この「考える筋肉」を、常に常に使って鍛えて、自分の中から新しいメッセージを浮上させられる人と、せっかくあるポンプを鍛えておらず、トレーニング方法も知らされず、萎えさせている人せっかくある筋肉が使われていない。本来、できることを、やれていないという状態を、私は、はっきりと、「不自由」だと思う。

ファイルボックスに仕込んだ、既製品の言葉でやりくりしている人は、会話は淀みなく進んでも、経験の湖にある、想いは、自分の中で淀んだまま、解放されないままだ。

自分と、表現が一致しないのは苦しい。

表現とは、自分の外に表れ出た、人から見えるものすべて。

肉体も、着るものも、化粧も、たたずまいも、言葉も。

こどものころ、自分の内面はこうなのに、それと全然違う髪型に切られてしまったときのくやし泣きをいまも思い出す。

あれは、こども心に、「表現と自分の不一致」のつらさだ。

常に常に、自分の湖をくみ上げるポンプ、つまり、考える筋肉を鍛え、その連携をよくしている人は、しだいに、自分の想いと、ピタッと言葉が一致してきて、自由だ。

その解放感は、人をも、すがすがしくさせる。

表現とその人の一致。

そのための、「考える力」、それがある人を、私は、心底、自由で、話のおもしろい人だと思う。

Lesson 13 なぜか饒舌になるとき

ある演劇の演習を見てきた友人が、こんなことを言った。

その日の、その演習は、先生が、わざと、意図を知らせず、生徒に表現させていった。

それで、演習が進むにつれ、自分で演習の意図に気づいて、大事なことをつかんでいった生徒と、最後まで意図に気づかず、その日の演習の核心をつかめなかった生徒と、差が出てしまったそうだ。同じ空間に、

「わかっている人」と、「わかっていない人」。

その差は、歴然としていた。同じものを学んでも、それぞれの、「内面の準備」によって、あるいは、ある方面への「慣れ」によって、理解に差が出てしまうのはしかたのないことで、「わからない」、そのこと自体、「恥かしいことではない」、と、私は

思う。

第一、そんなことを、いちいち恥かしがっていたら、何も、新しいことは学べないもの。未知に、からだごと、突っ込んでいった。そのこと自体が尊い。

私が、注目したのは、ここからだ。

演習のあと、なぜか、「わかっていない人」ほど、饒舌に、その演習のことを語り、言えば言うほど、その人が、いかにわかっていないかが、まわりに、あからさまになっていった、という点だった。

そう。そういう場合、多くは、「わかっている人」は、黙っている。

声高らかに、しゃべっているのは、多く、「わかっていない人」だ。

わたしも、記憶の中、なぜか饒舌になり、しゃべればしゃべるほど、墓穴を掘ってしまった経験が思いあたる。

そういう自分を振り返ると、恥かしい。

よくわかっていないなら、しゃべらなきゃ、人にはバレない。恥もかかない。

なのに、そういうとき、しゃべらずにおられない何か、がある。

なぜか饒舌になるとき、そこに、どんな心理が働いているのだろうか？

以前、企業で編集者をしていたとき、私は、原稿をいただいた先生に、電話で、改作を頼んでいて、ちょっと、もめたことがあった。

突き刺さったひと言

それまでは、先生の話をじっくり聞きながら電話のやりとりをしていたのに、途中、私は、「なぜか饒舌に」なった。

先生の言った、何かひと言に反応したのだ。

「そんなことありません！　もう、先生、怒りますよ！」

とばかり、私は、私の考えを、一気にまくしたてた。

急におしゃべりになり、しゃべる、しゃべる、一方的に、よくしゃべる、私を、先生は、まったく、口をはさむことなく、あいづちさえ打たず、じっと、黙って、聞いて、いた。

話しおわると、先生は、きわめて、冷静に、こう言った。

「山田さん、怒るということは、図星ということです」

このときの、ズッキーン！　と言葉が刺さる感じを、何年経っても、忘れられない。

いつも、いつも、自分が怒るとき、相手の指摘が図星とは限らないのだろうけれど。

このときから、私は、感情を荒げたようなとき、

「怒るときは図星」


という言葉が蘇ってきて、ビクリ、とするようになった。

結局、このとき、私は、先生の言葉を、否定することも、かといって、肯定することも、絶対、できず、一瞬、押し黙ったものの、あとは、また、しゃべりまくって、「なぜか饒舌」なまま、その場をなんとかおさめた。

いま、思い出しても、恥かしい、自分の姿だ。

「なぜか饒舌になるとき」と言えば、こんなケースもある。

出さなかったメール

「ほぼ日刊イトイ新聞」に感想メールを書こうとしていたときのことだ。

わたしも、「ほぼ日」の読者であり、心に触れた記事があると、ときおり感想メールを書いて送る。

「そうそう！　私も同じことを想っていたの！」という、「共感」や。

自分の経験に照らしてみて、記事がこういうふうに染みた、という「理解」や。新しい気づきがあった、という「発見」や。

ほうっておけば消えてしまう感想が、稚拙でも、カタチになり、自分のものになるのは、うれしい。運よく編集部に伝わったときは、さらに、うれしい。

多くは、そんなうれしいやりとりなのだが、その日だけは、違った。

「ほぼ日」の、ある記事を読んで、すぐに、感想メールの欄を押してしまっていた。

だけどヘンなのだ。

ふつうは、何か伝えたい気持ちがあって、感想を書く。だけど、その日は、「感想を書く」というのが目的になってしまって、無理やり、書くことを、探し出し、こじつけようとする自分がいた。

書くことがないなら、「黙って」いればいいのに、黙っていられない。これも、カタチは違うけれども、「なぜか饒舌になる」瞬間だった。

何か伝えたい気持ちがないのだから、メールを書いていて、どんどん、自分が、つまらなくなる。

書いては消し、書いては消し、を繰り返した。

最初は、記事に対して、

「そうだそうだ、そのとおりだ」

というようなことを、私は、言おうとし、そのうちに、

「私は、断じて、記事に出てくるような、そんなことはしておりません」

というような内容になっていった。

たとえは悪いかもしれないけれど、クラスで、給食費がなくなったようなとき、自分はとっていないし、だれも自分を疑っていないのに、自分から、「私はとっていない」と言って、言えば言うほど、墓穴を掘るような、なんか、そんな感じのメールになってきた。

それじゃまずい、と角度をかえると、しだいに、

「いちゃもんをつけたいのか自分？」

という感じになってきて、そのうち、

「いったい自分は、そうまでして、なんでメールを書こうとしているのか？」

と考えて、「はっ！」とした。

これは、「雑音」だな。

ひと言で言えば、私は、記事の内容に関して、無意識の部分で、何か、うしろめた

かった。

まったく人を攻撃するような内容ではなかったのに、無意識の部分の何かが、攻撃を受けたような感じがしていた。

口を閉じて、静けさに耳を澄ますことで、それが、自分の身に、ひたひたと迫ってくる。

その音から逃れようとして、私は、自ら「雑音」を立てていたのだ。

沈黙への抗い。

黙すれば、聞かねばならぬ音がある、気づいてしまうことがある。

それに抗い、紛らす、自分がいた。

こういうときは、苦痛だけど、いったん、発言スイッチを切って、静けさの中に、耳を澄ました方がいい。

そう思って、そのときだけは、メールを書くのをやめた。

そうして、私は、じっと自分の心の音を聞いた。

あのとき、静けさの中に、自分を解き放ってよかったと思う。

なぜか饒舌になるとき、そこに、どんな心理が働いているのだろうか?

静けさの中、自分が聞くべき音は、なんだろうか?

Lesson 14　声に宿るもの

先日、友人から、こんなメールが届いた。
このようなことこそ、人に知ってもらわなければいけない、と思い、ここに載せます。
まず、読んでください。

友人から山田に届いたメール

昨日の朝、震えるような出来事にあいました。
今、思い出しても涙がこぼれそうです。
昨日の朝、通勤時間帯。
中央線では、ここ数年でも、かなりひどい部類に入る信号機トラブルが発生しました。

四ツ谷とお茶の水の間は手信号で運転という事態です。

いつもは1時間のところ、会社にたどり着くのに2時間半かかりました。


M駅でのことです。


中央線でトラブルが発生した時は、M駅で総武線に乗り換えるように車内アナウンスで指示が出ます。

昨日もいつも通り、その車内アナウンスが流れました。

しかしM駅で降りると、ホームには車内以上に人が溢れていました。

車内では、

「総武線に乗り換えてください」

ホームでは、

「ホームが危険なので電車から降りないでください」

という矛盾したアナウンスが流れています。

ホームは、今まで見た中でも最悪の部類でした。

階段の上まで人が続き、前にも後ろにも動けない状態です。警察まで出動しています。

何年か前の歩道橋で圧死した花火大会の事故が頭をよぎります。

M駅は大きい駅なので、東京行きがホームをはさんで二線入って来られます。

もう片方にも電車が入って来ようとした時、階段の近くでかなりの人数の女性の悲鳴があがり、男性が、

「電車止めろ！」

と叫びました。パニック。

私のところからは何が起きたかまったく見えませんでしたが、おそらくホームから人が溢れて落ちそうになったか、落ちたかだと思います。そこに電車が入って来ようとしていたのです。

その時、ひとりの駅員さんが放送を入れました。

「○○○○します」

専門用語なのでわかりませんが、

「すべての電車を止めます」

という意味なのだと思います。

何度も何度もその専門用語をはっきりと大きな声で言いました。

大きなブザーが鳴りました。

おそらく、その決断はマニュアルにはありえないことだったんだと思います。

駅員さんの位置からも状況は見えてはいません。

何かが起きたら電車を止めるということはあっても、よくわかんないけどともかく、危険そうだからという理由で、客の声に一々こたえていては、電車は進みません。

しかし、何か触れるものがあったのでしょう。

たった一人で誰に相談することもできない状況で、起こるかもしれない危険を回避するために、反射のようなスピードで、その駅員さんはM駅だけでなく前後のすべての駅に指示を出しました。

そのアナウンスは専門用語なので、おそらくほとんどの人には（もちろん私にも）意味がわからないのですが、パニックがおさまりました。

不安が「大丈夫だ」という気持ちに変わりました。

階段や人の列からたくさん光るものが見えました。携帯カメラでフラッシュをたいて撮影し始める人がいました。

ホームで整理をしている警官も、今日の事態に駆りだされたであろう高そうな背広を着たお偉方も、彼らは結局、凍ったように何もできていなかった。

その後、といっても10秒もたっていないと思いますが、まだパニクって泣き叫ぶおばさんにすがられて、その駅員さんは今度はみんなにわかる言葉で、

「安全が確認できるまですべての電車を止めます」

と冷静に大きな声で何度も何度も言いました。

おばさんも他の人も冷静に進み始めました。

秩序が戻りました。

不思議なことにいままで動かなかった列が少しずつ動き始めました。

その駅員さんは、30過ぎの私とそんなに歳は変わらないと思います。まつげが長くてぱっちりした目をしっかり開いて、少しうつむきながら、ずっとしっかりした声でアナウンスを続けていました。がんばってください、と言おうかと思いましたが、邪魔してはいけないので控えました。

たぶん彼は、後ですべてが片付いてから、足が震えて怖くなって泣いてしまうかもしれない。

泣きたいよなぁ。当然だよ。

今日のあのことの大きさは、ひとりの人間が抱えきれるものじゃない。


どれだけ怖かっただろうか。


マニュアルにないことを勝手にやって、彼をとがめる人も必ずいるでしょう。

起きたかもしれない危険が回避されたって誰か褒めてくれるわけでもない。

一瞬のうちに、いろんなことが頭をかけめぐったと思います。


彼が一番逃げ出したかっただろうと思います。

そんなに格好良くはいられないもの。やっぱり怖い。

でも、揺らいでなんていられない。


民主主義の世の中ですが、決定的な瞬間に多数決をとっている暇はありません。

彼がやったことは彼の信念からの彼ひとりの決断です。

でも、おそらくあれは普通の多数決では出てこない、だけど、人が本当はそうなったらいいと、人間の生命の声としての多数決をやったら、出てくる結論なんだと思います。

彼がそれを選んでくれた。

私はあんな素晴らしいアナウンスを聞いたことがありません。


普通、事故の時のアナウンスなんて言い訳がましくイライラするだけです。

でも、専門用語だらけなのになぜかホームが整然とした。

一晩たって、理由がわかりました。


「○○○します」

という言い方を、会社の人間はしません。

「～になりました」「～ということにします」

という表現を使います。

会社の決定だというニュアンスが入ってしまうものです。


「○○○します」

それは、もう専門用語だろうが何だろうが、僕がそう決めました、自分の決断だということを意味します。

彼がとにかく何とかしてお客さんの命を守ろうとしている、その強い強い思いからの言葉だったんですね。

その気持ちに裏づけされた彼の声と、無意識に選ばれた言葉が本当に多くの人に安心を与えました。

そして、ああいうときの安心は事実として、直接、安全につながっています。

（久慈未穂）

ふたたびズーニーです。

「僕がそう決めました」

「これは自分の決断です」

その声が、「〇〇〇〇」という、我々には、まったくわからない専門用語であるにもかかわらず、言葉の壁を打ち破り、一発でホームの人に伝わった、ということに、熱いものがこみあげます。

人は声を聞いて、その響きの中に「意志」を嗅ぎ取る力があり、意志に共鳴し、意志に吸引される、ということを私は思います。

私は、全国各地のワークショップで、ごく一般の人が、自分の頭で考え、自分の想いを自分の言葉で表現する場面に、立ち会ってきました。

スタッフから毎回言われることは、ワークショップの前と後で、参加者の「声」が明らかに違うということです。

ていねいに問いを立て、自分に問いかけ、自分の内面を引き出し、考えた果ての声は、はじめと違い、400人のホールをも埋めつくし、人の胸に染みとおるような「響き」を持っています。


考えることで、声に、意志が、宿る。


今日も私たちは、大小さまざまな選択をします。

何が正しいか間違いか、だれにもわからず不安に陥ります。

しかし、そういうとき、それでもなお、声に次の響きが宿ったとき、人を惹きつけ、道を拓くんだと、私は信じています。


「私がそう決めました。これは自分の言葉です」

Lesson 15 ゴールから架かる橋

もうかなり前のことになるが、仕事先の人に、キツイ言い方をしてしまい、傷つけてしまったことがあった。

そのとき、私の主張は通った。でもそれから、その人は、目を合わせてくれなくなった。

私は、ひきつりながらも、笑顔で相手に向かい、なんとか関係をとりもどそうとした。

でも、相手のかたくなな表情に、とりつくしまがなく、自分がそれだけのことをしたんだと思うとへこみ、愛想笑いをして相手に擦り寄る自分にも、へこんだ。

99％は私のいたらなさ、傲慢さ、後悔することしきりだ。

でも、1％のところで思う。

「あのとき、やさしい言い方で、状況は動いただろうか？」

見知らぬもの同士が、はじめて会って、ものすごくタイトなスケジュールで、一緒に仕事をし、まったく新しいことで、成果を出さなければいけない、というときに。「守り」の強い場だったり、相手だったり、この状況を動かすのに、いったい何年かかるんだ、と思うこともある。

仕事には、期限がある、期限は待ってはくれない。やさしい言い方だけで、状況は切り拓けるのだろうか？

でも、やっぱり、感情は理性より、おおきい。

相手の心を傷つけてしまい、それがしこりになってしまうと、もう、相手に何を言っても、どう言っても通じない。

私もなすすべなく、関係修復をあきらめて、仕事に専念した。

ところが、しばらくたって、なんと、相手の方から、満面の笑みで話しかけてきてくれた。

すれ違いはなぜ起きた？

私は最初、信じられなくて、きょとんとした。でも、話しているうち、相手がうそや表面的でない、心から私の仕事を理解して言ってくれていることがわかった。

通じ合うとは、こんなに気持ちのよいことか。しかも、自分は、とくに関係修復の努力もせず、こんなに劇的に、一発で心に橋が架かることもあるんだなあ、とほんとうに晴れ晴れと、うれしかった。

きっかけは、そこでコツコツとやった仕事が、お客さんに評価され、だれの目にもわかる形で、よい成果が出せたことからだった。

気がついたら、決して人づきあいがうまいと言えない私は、不思議とこのパターンに救われている。すなわち、

仕事場で起こった、人間関係のもつれを、

相手と自分の関係性の中でなんとかしようと思っても、

なかなかうまくはいかず、

ところが、あきらめて仕事に専念し、

仕事でよい成果を出せたとき、

相手との関係まで、つながっている。

でも、なぜ、仕事の成果を出すことが、相手との関係修復につながるんだろう?

「成果」というのは、どちらかと言えば、感情より理屈のものだ。

理屈で越えられなかった、感情の壁が、なぜ、成果を出すことで越えられたんだろう？

以前、読者の森さんからいただいた、このメールを思い出す。

職場の人間関係のもつれは、どこからくる？

最近、会社における人間関係のもつれの大半は、情報の発信者と受信者の認識ギャップによるものが大きいと思うのです。

「報告がない」「情報が来ない」「愚痴ばっかり」

ちょっと前までは、「本当に報告していない」「本当に伝える場を設けていない」のだと思っていました。しかし実際は、発信者は「まめに報告してるのに！」と思っていて、

「ちゃんと打ち合わせしているよ」と言い、

「情報を共有化し、同じマインドであってほしいので、自分をさらけ出しているよ」と言う。

何でこんなことになるのか？ というより、こういうギャップが多いのか？

これは、一つの想像だが、目的（目標）設定がおかしいのではないだろうか？

自分をさらけ出すのは構わないが、それを「受け止めろ」というのは困る！

吐き出したものは、自分の手で受けてほしい。

自分の手で受けているのを見て、「このヒトもこのヒトなりに格闘してんだ」と思う。

同じマインド（スタンス）でいることと、悩みを共有する（分担してもらう）こととは違う。

報告するのは、報告が任務の一部だからではなく、自分の仕事が楽になる（スムーズに進む）ため。

スムーズに進むためには、報告のタイミングがあり、外せない内容がある。

そのタイミングやポイントを逸した報告は、受信者には何の意味もなく、報告がされていないことになる。

部下に情報提供するのも、自分のミッションを効率的に達成するため。そのためには、伝わった確認もいるだろうし、伝え方の工夫もいるだろう。


（読者　森さんからのメール）


ゴールのズレているもの同士に、コミュニケーションは成り立たない。

私は、このメールを読んで、改めてその厳しさを思う。

いつが、「はずせないタイミング」か、何が、「欠かせないポイント」か、目指すゴールによって、微妙に違ってくる。

だから、ゴールの違うもの同士には、「情報」が、「情報」にならず。「伝達」が、

「伝達」にならない。

まるで、「誕生日のお祝いは、絶対、当日でなきゃだめ」と思っている子どもに、2日遅れで届いたメッセージのように、相手にとっては、なんの価値もなく、意味をなさず、

発信者は、「たしかに伝えた」と言い。

受信者は、「伝わっていない」と言う。

問題は、私たちが、いま、仕事の現場で抱えているゴールのズレが、とてもひと言で言えるような、単純なものではないということだ。

あのとき、たとえば、私のゴールが「教育効果」、相手のゴールが「利益」、というようなはっきりした単純なズレなら、まだいい。

どちらも、教育のことを考えているし、利益もちゃんと考えている。

でも、そこに、二人が込める世界観が、微妙に、複雑に違い、だからこそ、決定的にズレている。

私の言う、「このタイミングを逃したら、とりかえしのつかないことになります!」は、ゴールの違う相手には、さして重要とも思えない時期だし、

私の言う、「これだけは、はずせないポイントです」は、相手には、さして重要とも思えないことだ。

相手から見たら、私は、さして重要とも思えない時期にさして重要とも思えないことを、がなっているだけに見える。

それでいて、自分が大事にしているプライドだけは傷つけたということになる。だから、相手の中にかたまりは残る。

一発で心に橋を架けたもの

ところが、成果が出せたとき、相手は、私が目指していたゴールはこれだったのか、と形としてはっきりわかる。

ゴールから見れば、一目瞭然だ。

私が、なぜ、あのタイミングで、なぜ、あんなことを言ったのか、なぜあそこで声を荒げたか、相手は一気に腑に落ちる。

腑に落ちたとき、感情も解ける。

だから、自分と相手は、また、つながったのだ。

複雑な世界観を抱く私たちは、ゴールを形にして見せるまで相手の腑に落ちる説明ができないときがある。

たがいのゴールがずれているとき、せっかく勇気を出して、本音をさらけ出しても、相手には、まったく意味のないシーンでただ脱いでいる映画のように、意味のない吐きものにしか、映らないことがある。
これは、ほんとうに切ないことだ。

大事なのは、自分の信じたゴールを100%形にしきること。

相手を気にし、へんな妥協を加えれば、ゴールまで曖昧になり、この最後の最後に架かるかもしれない橋まで失う。

ゴールから、劇的に相手の心に架かる橋もある。
そこに希望があると私は思う。

Lesson 16 もっと抽象度の高いところで人は選ぶ

いらないものを　捨てるのか
いらないものに　捨てられるのか

――これは、ミュージシャンのふくだゆうたさんの唄の歌詞だ。

この歌詞に出会ったのが、ちょうど、私が会社を辞める前後だったから、キョーレツに焼きついた。

以来、「選択」のたびに、私は、この歌詞を思い出す。とくに、仕事を断わるようなときに。

いま、自分の心が向かない仕事にしがみつき、守ろうとすれば、それは、仕事の「やる気」に影響し、やる気は「質」に影響し、結局、自己ベストのアウトプットができなければ、今度は、その仕事の方から、私自身が捨てられる、

そう考えて、いくじなしの私も、これまで、どうにか、こうにか、いらないものを

潔く捨て、生きのびてこられた。

でも、何が、自分にとっていらないものか、何が、自分にとっているものか、みんな、どうやって決めているんだろう?

私は、このところ、就職活動で、成功体験を持つ人の「選択」に注目している。

面接の場で、何を言ったか、どう言ったか、というよりも、その前の「決め」が、問題ではないか。

「決め」が、その人の表現に、つよく影響すると私は思うからだ。

もっと言えば、その人が何を選択したかとか、その選択が結果的に正しかったか、間違っていたかは、問題じゃない(だって、そんなの、あとになってみなきゃ、だれにもわからないんだから)。

それよりも、その人が、「何を考えて、どんなふうにそれを選んだか」が、大切だと、私は思う。

先日、複数の企業から内定をもらい、みごと第1志望に採用された若者に取材をした。

会社選びの決め手になったもの

「なぜ、その企業を選んだのか?」

それは、企業のどんな社会的貢献からか？　自分のどんな、適性からか？　現代の、どんな社会背景からか？

私の質問に、ずっと、不具合を感じていた彼は、

「そういう次元じゃなくて……」

と、その違和感を言葉にした。

「そういう次元じゃなくて、もっと抽象度の高いところで、ぼくは、この企業を選んだんだ。

言わば……、美意識、みたいなところで、ぼくは、この企業に惹かれた」

私はそれを聞いて、はっ、とした。さらに、自分が教えていた学生たちのことを考え合わせて、とても腑に落ちる思いだった。

幼いころから、豊かな情報を浴びて育ち、本も、意外にたくさん読んでいる、いまの若い人たちは、情報的に洗練され、抽象的な思考にもたけていると私は思う。

彼らは、アウトプットの機会がなかったために、感じ、考えたことを、うまく言葉にして言えないだけで、内面では、よく「わかって」いると、私は感じる。何が面白いか、面白くないか、何が美しいか、美しくないかを、秒殺するだけでなく、「美しい」のさらにその中の、微妙な差異まで嗅ぎ分ける。

美意識の洗練は、私が学生の時分より強いのかもしれない。

でも、実際、就職活動のとき、

「なぜ、うちの企業を選んだんですか？」

「美しかったから」

では通じない。通じないと思うから、採用する方も、受ける方も、「抽象」で感じたものを、いったん、「具体」に落とそうと努力する。

それで、「将来性」とか、「適性」とか、「社会貢献」とか、「福利厚生」とか、そんなふうに、現実的な言葉に置き換えれば、置き換えるほど、どんどん本来の、選択理由から、遠ざかって、そのうち、選ぶものまで、変わってしまう、ということもあるのかもしれない。

いまの若い人には、もっと、抽象度の高いことを抽象度の高いまま、伝えたり、考えてもらった方が、いいのかもしれないと思った。

それで充分、通じるのではないか。

人は、現実的な理屈を、あとでつけるけれど、

実は、もっと、抽象度の高いところで、選んでいる。

たとえば、読者のBさんも、こんな選択をした。

この仕事か、新しい仕事か、それが問題ではなく

44歳、パートをしている女性です。

先週末、新しい仕事に来ないかという話をいただきました。

正直言って、今の仕事はキツく、他に行くところがないから行っているようなものでした。

仕事を変われば給料も増えるし、私の得意分野の仕事です。

けれど、新しい仕事は8月からと、急な話で、その上、8月には今の職場に必ず出勤すると約束した日が一日ありました。

新しいところに行きたい、でも……

はっきり決められないまま、土曜日の夜、ふとテレビをつけるとズーニーさんの番組の再放送をしていました。

悩みの真っ只中だったので、ひと言も聞きのがさない勢いで、一気に3時すぎまで見ました。番組の最後の方で、

「人は本当の想いを言えた時、深い内的な歓びがある」

とあり、

「私は本当はどう思っているのか？」

自分に問いました。いくつも答えが出てきました。

いままで「自分で考える」ということについては、やってきたつもりでしたし、決めた結果を受け入れることも分かっていたつもりでした。

けれど今回、できていなかったんですね。

「私はどうしたいのか？」

「今の仕事は辞めたい」

「新しい仕事がしたい」

でもスッキリしません。

最後に、

「一番大事なことは何か？」

これを問うた時、答えがハッキリとわかりました。

「約束を守りたい」

自分でも意外でした。私はパートなので、条件のいい仕事があればそちらに行くのは普通のことです。

けれども、なにかモヤモヤしていたのは普通に考えたら……というところとは別のところに自分の本当の想いがあるからだったのですね。

本当の想いはわかった瞬間にものすごくすっきりする。


本当の想いがわかって、初めてゆっくり眠ることができました。

今日、職場の上司に新しい仕事の話があったこと、でも8月の約束は守ること、次のチャンスが来年明けにあること、そのときはそちらに行きたいということを言いました。

想像以上に上司も自分の想いを話してくれ、私の気持ちも理解してもらえました。今までちょっと厳しくて苦手だった上司ですが、「腹を割った話」とはこういうものなのだ、と思えるほど職場を出た後は清々しい気分でした。

今でも新しい仕事にはすごく行きたいです。

けれども私は自分の本当の想いを軸にして決めた結果だから、あと半年、今の職場で踏ん張っていくつもりです。


（読者　Bさんからのメール）

Bさんにとっての、どうしてもゆずれないものは、この仕事をとるか、あの仕事をとるか、という、目の前の二者択一とは違う次元にありました。

何が、いらないものか、

何が、どうしても、ゆずれないものか。

あなたは、あなたの何を大事に決めますか?

第3章　人とつながる力

Lesson 17 表現者の味方

もしも、からだの微妙な形状まで、はかる機械があったなら、火曜の夜の私のからだは、すこし、めりこんでいる。

火曜日は、「ほぼ日」に掲載するこのコラムの原稿を書いたあとだからだ。

「ああ～（あんなこと書いちゃったよ）」とか、

「うー（もうだめだ）」とか、

ため息とも、うめきとも言えない声が思わず、もれる。

電車に乗っていても、人と食事をしていても、前後の脈絡に関係なく、私が声をあげるので、まわりから、怪訝（けげん）な顔で見られる。

表現したあとは、いまだに恐い。

いったいなんで、こんなに恐いんだろう。

思うように書けなかったら自己嫌悪になるし、それは、自分が悪いだけだし、がんばるしかないし。それを、ここで愚痴る気持ちはない。

しかし、そうではなく、思いのたけは書けたときでも、あとから結果をみれば、編集者さんや読者の反応がよかったときでも、いや、むしろそういうときほど、書いた直後は、のたうちまわっていることがある。

まず、最初の関門は編集者さんの反応だ。いまだにメールをひらくのが恐い。

「よっし！」とか、

「ここで逃げたら、今日のあとの時間ずっと生きるのに遅れる」とか、

自分に言い聞かせ、気合いを入れないと向き合えない。

オーバーな、と言われるかもしれないが、ここが、自分の内面がめくれるようにして、外の世界に触る、最初の窓だ。地球で最初に、自分の書いたものを読む人から、いったいどんな言葉が返ってくるか。

それは、自分の世界観をつくるのに大きく影響している。

この関門を突破したら、次は、翌日のアップを見るのが恐い。

最初のころは、悲愴な面持ちでパソコンに向かった。

クリックする手のためらいがすごい、

身体を前のめりにして、手に体重をかけるようにしてようやっとクリックする。

このモニターの向こうで何か起こったら、
こっぱ微塵に自分が砕けるのか、ぐらいのかまえだった。

ここも突破すると、最後にして最大の関門は読者の反応が待っている。

書いた直後の自分の実感、編集部の反応、読者の反応、どれもいけてないとき、「消えてなくなりてー」という感じで、体が空気圧におしつぶされ、めりこんでいく。

はじめのころは、三つの関門突破だけで、クタクタだった。

さすがにいまは、それほどではないが、それでも、三つの関門をくぐるときは、いまだに、一瞬の「逃げ」と「勇気」が交錯する。

実は、一度だけ、逃げたことがある。

逃れ、逃れて

まだ、書きはじめて間がないころだ。

そのころは、1回のコラムを書くのに、ものすごく時間がかかっていた。窓が西向きだったのだが、朝陽を浴びて書き、陽が高くなって書き、西陽を浴びて書き、浅くねむってまだ暗いうちから起きて書き、また朝陽が昇っても、西陽が射しても、気づかず夢中で書いていた。

2000年5月にコラムを連載しはじめ、夏には、両目の下に、くっきりと大きなシミができていた。

さまざまな方法をためしたが、それは消えないでいまもある。

私は、「ほぼ日ジミ」と呼んで勲章のように感じている。

できはともかく、それだけ夢中で何かをやった痕跡として。

そのときも、そんな感じで、何日もかけて書いたんじゃないかと思う。終わりの部分でとてつもなく書き直した。

「書けた」と思った、原稿を送った。

そのあとなんとも言えない、いままで経験したことのない恥かしい、逃れたい想いがした。

そんなことをしても、どうにもならないと思うのだが、電話線を抜いて、パソコンの線も抜いて、とにかく一刻もはやく逃れたくて部屋を出た。

今日だけはもう、三つの関門をくぐる意気地などどこにもない気がした。

しかたなく映画館に行ったが、映画になど集中できるはずもない。何を観たのかさえ記憶に残っていない。

ただただ映画館の闇の中で、「ああ〜」とため息が出そうなのを抑えていたことだけ鮮明に記憶に焼きついている。

町をふらふらしても、逃れきれない。

どこをどう歩いたのか。

何から逃れているのか？

逃げたら、よけいどんどん追いつめられる。

とうとう観念して、家に向かうも、駅まで帰って、往生際悪く、駅の近くのジャズバーに入って、まだうだうだした。

お店のお姉さんと音楽の話をしたが、ここでも音楽に集中できるはずもなく、何を聴いたか、レコードジャケット1枚、曲ひとつの記憶もない。

あきらめてとうとう家に帰る。

あきらめて、パソコンに電源を入れ、電話線をつなぎ、スイッチを入れた私の胸は、恐怖と緊張におののいていたと思う。

そこには、編集者さんの反応と、更新画面、読者の反応、三つの関門が、一気にかたまっておしよせるからだ。一つひとつ突破していかないと、逃げると、こうして、あとでかたまって現実に直面することになる。

ここが崩れたら、私もこっぱ微塵になる。

パソコンをあけたら信じられないことが起こっていた。

書きはじめて以来、初めてその原稿ははっきりと編集部に評価されていた。

編集者さんもとてもほめてくださっていた。

読者からは、熱い、濃いメールがいっぱい来ていた！

歓べ私。

しかし、書いた直後の自分の実感は、

「なんとも言えないへんなものを書いた」

だった。

まったくそんな展開、予想だにしていなかったのと、逃亡生活に疲れきっていたのとで、放心しきってしまった。

「自分の中のものを出したからだろうね」

そのときのことを、小説を書いていた先輩に話すとそう言った。

原稿に自分の中のものを出してしまうと、なんともいえぬ恥かしさがともなうと。

でも読む人は、そういうものがわかるんだと。

先日、読者の高校の先生が、こんなメールをくださった。

感じていることを言葉にする勇気

「考えているけど言葉にできない」という生徒もいます。

でも、それは考えているのではなく、感じているだけなのです。

感じていることを言葉にすることが考えることとです。

ところが、彼、彼女らが、感じていることを言葉にできないのは、勇気がないからなのです。言葉にすると、誰かに評価されてしまう。それが自分に返ってくるのがこわいのです。

「傷つくのがこわい」というのが彼、彼女らの根本思想です。

傷つかないように、傷つかないようにと自分で自分を守るがためにどんどん不自由になって、かえって人を平気で傷つけたり、コミュニケーションがとれません。

結果、何一つ得るものがないのです。

・言葉にできない
・コミュニケーションがとれない
・考えない

この悪循環の中で、子ども達はもがきもせず、努力もせずただ「不快な思い」だけ募らせていきます。

（読者のゆきさんからのメール）

感じたことを、外に表すための勇気、それが育つ場、それらがないことによって、つらいことや、やなことは、ただただ、不快な気分となって身体にたまっていくだけ。

そう考えると、やるせない。

私は、巻頭のコラム「連鎖」にたくさんのメールをいただいた。

母とのつらい事件。

それは、自分にとって痛みであり傷である。

人に知られたくない恥かしいことである。

読者はどん引きかとも覚悟しつつ、しかし、書かずにはいられなかった。

でもその想いを、言葉にし、外に表出したとき、自分の心の奥底にあった願いが見えた。

まったく予想だにしなかった、編集者さんのあたたかい言葉と、たくさんの読者のあたたかいメールに自分の言葉が着地したとき、自分の中の哀しみの塊がとけて状況を切り拓く力に変わっていった。


表現すれば、むしろつらいことこそ力に変わる。


いまだに、表現によって致命傷を受けることなく、書きつづけていられるのは、自分の言葉が着地する、この読者の母のような世界観に育まれてこそだ。

この、表現の歓びをその生徒さんは、知らない。

でも、自分を表現することがどんなに恐いか、おとなになってもまだ、思春期のような、自意識過剰症のような、「恐い」を繰り返している私には、よくわかる。

だから、私は、表現する人の味方になりたい。

人の表現を高みから見て、ああだこうだと言って傷つける人から守りたい。
表現する人がつぶれてしまうから。
生かさなければならないから。

人の表現を高みから見て裁く人たちもまた、表現する側に立った経験、人の反応を浴びた経験がないのだろう。
自分では表現せず、何も失わず、そういう人は、一見正しく、きれいに見える。
でも、そういうきれいさにごまかされてはいけない。
人の表現にあれこれ言う前に、自分の唄をうたってほしい。

表現する、それだけで尊いではないか。

表現は何も、小説を書くとか、絵を描くとか、音楽をすることとは限らない。

音楽つくったって、自分の中のものを何も出さなければ、表現ではないし、仕事の指示だって、自分の想いを言葉にすれば表現だ。

表現とは、自分の想いを形にして人に通じさせること。

私は、それをしている人の味方です。

表現して、その照り返しに、おろおろしたり、醜くなっている人の味方です。

表現する、それだけで尊い。

今日こそ、感じたことを言葉にしよう。

その勇気は、きっと自分の中にあるから。

Lesson 18 スランプをのり切る――表現者の味方②

いま、多くの企業が、単年度の利益をあげることにやっきになっている。

友人にそう言ったら、1年先どころか、半期、4半期と、目標はどんどん近くなると言った。

企業のゴールは利益だ。

ひとつ目標をクリアしたら、必ず次は、その何%アップが求められる。

それもがんばって達成したら、さらに次はその何%アップ、さらにまた次は、その何%アップ……、決して、前の年を下回ってはいけない。

永遠の右肩上がりが求められる。

私は、企業戦士を16年近くやって、いま、独り、働くようになって、永遠の右肩上がりとは、つくづく人間の体質にそぐわないシステムだなと思う。

にもかかわらず、私自身、抵抗しながらも、この右肩上がり信仰に、思った以上に支配されていることに驚く。

でも、いま、もし私の立場で、目先の利益にとらわれ、右肩上がりに執着するとしたら、5年後、おもしろいものがつくり続けられるだろうか？

10年後、自分の働くフィールドから、自分という種が絶滅するかもしれない？

――そんな危機感がある。

スランプという発想にも、実は、この、右肩上がり信仰が影響しているのかもしれない。

このレッスンでは、表現者の味方、第2弾として、スランプをのり切る思考法について考えてみたい。


書いても、書いても……


私は、この5年3ヶ月コラムを続けてきた中で、これがスランプなのだろうかという回路に入ったことが1回だけあった。

書いても書いても、思うものが書けない。

それまでに何回か、自分の納得ラインに達しているものを書いたことがある人なら、だれに言われずとも、この時点でそうとう落ち込んでいる。

自分を納得させられなかった原稿が他を納得させられるはずもなく。

編集者さんの反応もよくない。

読者の反応も、思わしくない。

これが続くと、そうとうまいる。

自分には努力が足りないのかと、いつもより、1日早く原稿書きに取りかかってみる。しかし、結局書いても書いても……、という時間が1日延びただけで、自分の思う水準に達しない。

ならば、もう1日早く取りかかってみたら、と2日早く取りかかってみる。

しかし、結局書いても書いても……。眠れない日が、さらに1日延びただけで、思う水準に達しないどころか、今度は体力にガタがきて、頭ももうろうとしてきて、さらにわけがわからなくなっていく。

シナリオを書いている友人が、スランプを、

「下りのエスカレーターを登っているような感覚」

と言った。

登っても登っても、水準はいっこうに上がらないばかりか、歩みを止めれば、一気

に底まで落ちてしまう。

わかっている。でも進まない。

わかっている。でも進みつづけるしかない。

「これは徒労か?」そのときは何度か思った。

こういうとき、とどめを刺すように、批判メールがくる。

ただでさえ不調感に緊張しているからだが、さらに硬直する。

負の感情が広がり、それを抑える葛藤が加わってさらに消耗し、さらに書けなくなっていく。

悪循環。

ふと、私は、批判メールの共通点に気づいた。それは、こういうものだ。

「はじめてメールさしあげます。いつも出そう出そうと思っていてもなかなかメールが書けませんでした。いつもは、とてもおもしろく読んでいるのですが、今回だけは違ってました、ひとこと言わせてもらいます……」

というものだ。

つまり、批判メールは、それまで、理解・共感とか、体験談とか、ポジティブなメールをくださった方からはこない。

ハンドルネームを見ても、まったく知らない人か、たいていこのように、初めてだと自ら名乗ってくる人だ。

それまでメールを出そう出そうと思っても出せなかった人が、私への批判となると、なぜメールが書けたんだろう?

「敷居が低い」からだ。

私は思った。そこに、書き手の「目線」を思う。

そういうところ自分にもあるなあ、と気づかされる。

友人でも、絶好調ならまぶしくて、一目置いて気が引けて、心してものを言う。

でも、その同じ友人が、スランプに落ち込んでいれば、なぜか自分と対等な、いや、後輩かのような、気安い感じがし、いろいろ言えてしまっている。

不調である人間を、どこか高い目線から見ていないか。

スランプにある人は、人に言われるよりもまず、自分で自分に、この劣等の意識を向け、それで自分をさいなむことになる。

だけど私は、いまになって思うのだ。

あのスランプに入ったとき、私はいつもより劣る奴に成り下がっていたのだろうか?

いまになって、どうもそうではないのだ。

ありがとうスランプの自分

あの下りのエスカレーターを登っていくような作業。

書けども書けども水準に達せず、それでも書きつづけた、自分では「徒労」ではないかと疑った、それでも工夫しつづけた時間の中で、実は、いまの仕事の柱になる新しいアイデアが、いくつか生まれている。

そのときは、あまりにも不完全であったし、自信をなくして自分で認めてやれなかったけど、たしかに、それは、いままでの延長とか、ブラッシュアップとかでない、まったく新しいアイデアの芽であった。

そのとき生んだもので、いま仕事でとても助かっている。


そして、それから6ヶ月後、自分で納得のいく原稿を連発できる時期が来た。


それは編集者さんにも、読者にも、通じた！

へんな奴に見えるかもしれないが、私は、そのとき、あの下りのエスカレーターをひたすら登りつづけていた自分に、敬意を感じたのだ。

生徒の文章を添削していると、はじめて添削を受ける生徒なら、最初の2、3回は、赤入れするたびに、グンとよくなる。

書き直すたびによくなるから、このまま右肩上がりで、すごくいい文章になるとつい期待する。

ところが、何回めかに、むしろ書き直さない方がよかった、文章が混沌として、わけがわからなくなってきた、という時期を迎えることがある。

こういうとき、生徒もだが、先生も自分の指導が悪いのかと不安になるのだけれど、私は、それも進化と見なす。

いま、進化への大事な一歩を踏み出したぞ、と、むしろ生徒に敬意すら抱いて待つ。

自分なりのスランプを経て、自然にそう思うようになった。

そこをとおりすぎたときに、これまでの右肩上がりの改善の延長ではなく、まったく別の深みが出て、

「レベルアップ」

としかいいようのない文章をしあげてくることがあるからだ。

それは、その子が、いままで一度もトライしたことのない領域に、無意識に足を踏み入れて、もがき、新しいものをつかんで帰ってきたからに他ならない。

だからいま、不調感をつのらせている人も、私が言うのは僭越（せんえつ）だが、書きつづけてほしいと思う。

それは後退ではなく、進化ではないか？

次のレベルアップが大きければ大きい人ほど、潜伏期間も深くて長い。
踏み入れた領域が、それだけ未知で広大だということだ。
私はそれも進化と呼びたい。

Lesson 19 言えなかった「ひと言」

自分でもほんとうに嫌になるが、この5年あまりのフリーランス人生で、周囲の人を次々に傷つけてしまった時期があった。

急に、仕事のオファーが増えて、一気にたくさんの人々と関わるようになったころのことだった。

いま思い出しても、心が痛む。


自分が傷つけてしまった人たち、ほんとうに、ごめんなさい。


あやまっても、とりかえしがつかない。

あのときの自分は、触れると切れるナイフのようだった。

神経がとんがっていて、周囲の言動が、いちいち、触れる。

それがつのると心がきしんで悲鳴をあげる。

でも、まわりの人は気づかない。まわりの人は、罪の意識はなく、厚意で私に接している。

当時の私には、罪の意識さえ感じない人に、土足で心を踏まれているようで、その鈍感さこそが、いたたまれなかった。

まわりの人は、何が、私の気に障るのかわからず、腫れ物に触るように接する。よけいに孤独感が強まる。

強烈に人を疎んじ、遠ざけながら、心のどこかではまた、強烈に人を求めてもいた。

まるで思春期の非行少年のようだ、と思った。まったくいい年をして、なんで私は、思春期や青年期のような、自意識過剰なことをやってるんだろう?

「山田さんは、会社を辞めて、それまでのものを一回全部リセットして、ゼロから始めて5年だから、社会人で言えば、ちょうど27歳の青年」

と、ある編集者さんが言ってくれた。

独立したてのころは、一件の仕事の依頼もなく、一通のメールも来ず、だれからも、そこにいるかとも言ってもらえず、よく、「サッパリ！」と言っては、空を見上げた日があった。

そんな砂漠のような状況でも、私は、いつも人に対して、ひらいていた。

ところが、せっかく、たくさんの人が手を引いてくださるようになって、本来ならうれしくてたまらないはずのときに、私は、まわりの人に対して閉じてしまっていた。

いまはもう、抜け出せたけれど、あのとき、自分の中で何が起きていたのだろうか？

先日、ワークショップに参加してくださった女性から、こんなメールをいただいた。

最後に出てきたひと言

ワークショップでは、

「妹に、私が素直に生きたいということを理解してもらいたいと伝える」

を私のテーマにしました。

妹とは3歳違いという微妙な年齢差のためか、自分より要領よく生きている（ように私からは見える）妹に対して全く素直になれず、向こうも私のことをうるさく思っていて、彼女からはほぼ口をきいてくれない状態です。

そのような状況をどうにかしたい、と思い、インタビュー形式の質問に答えていく形で考える作業をしていきました。

自分にうそをつきたくはなかったので、思うまま答えました。

そして自分の答えに愕然としました。

「妹さんに対して一言いうとしたら？」

という質問に対して、出てきた答えが、

「ごめんなさい」

だったのです。

なんで？

よりによって、なぜ「ごめんなさい」なの？

あんなにもいつもイヤだと思っているのに。


（読者　Mさんからのメール）


ずっと確執があった妹さんに、Mさんがほんとうに伝えたかったことは、嫉妬でも、悔しさでも、自分をわかってという要求でもなく、「ごめんなさい」だった。

罪悪感が、ずっとMさんの胸を塞（ふさ）いでいたのだ。

ていねいに問いを立てて考え、最終的に、心の底にあった想いを言葉化して外に出せたとき、一気にわだかまりが解けることもある。

私は、あのナイフのように尖って人を傷つけていたときの、自分の底にあった言葉はなんだったのか、考えずにはいられなかった。

いまから思えば、

「私のキャパが足りない、ごめんなさい」

認めなければいけない現実は、それだけだったように思う。

急に増えた、周囲の要求や期待の中で、私は、無理をしていたと思う。

とくに、対人関係だ。

私は、もともとサービス精神が強く、関わる一人ひとりの人に、きめ細かい対応をしたい。

相手の要求には、できるだけ応えたいし、満足してもらいたいという欲が強い。

だから、人とは数少なく、じっくり向き合うタイプだ。

日に何件もミーティングを入れたり、初対面の人と、たてつづけに何人も、何十人も会ったり、未消化な思いを残したまま、会話を切り上げたり、そういうことは、かなりきつかったはずだ。

それでも、すべての人の要求に完璧に応えたいというような、それができるかのような、幻想をどこかで持っていた。

そんなことできるわけもない。

たぶん、次々に仕事のステージは大きくなり、そのプレッシャーを孤独にのり越えるうち、恥かしいが、「自分の力でやれるんだ」という自負心がいつしか誇大になっていたのだと思う。

強まるプレッシャーの中で、自負心を手放したら、おしまい、押しつぶされてしまう、というような、臆病さもあったのだろう。

人間、苦手な相手もいれば、努力しても相手の要求に添えないときもある。それは自分の限界を見せつけられる瞬間でもある。

それを無意識に認めたくなかった私は、そういうときほど、相手の要求に応えたい、応えねば、私なら応えられるはず、と気負って、アクセルを踏んでしまっていた。

ところが現実には、ムリムリ、自分の度量を超えているとブレーキがかかる。

アクセルとブレーキの間できしむ。

アクセルとブレーキのきしみは、まわりの要求と、自分のキャパのきしみだ。

まわりの要求に、自分のキャパがつりあわないとき、反応は二つある。

自分が悪いとへこむか、
まわりが悪いと腹を立てるか。

自負心が手放せなかった私は、結局はまわりに責任を向け、自分の限界を受け入れることから逃れていた。

それで、人を傷つけてしまった。


よせくるプレッシャーにいっぱいいっぱいだった自分を思う。

「自分のキャパを超えていた」

認めなければいけないのは、そのことだった。

自分を美化するわけではないが、その根底には、自分のキャパを超えてでも、

「出会う人みんなに歓んでもらいたい」

という私の願いがあったように思う。

心の底にあったこの言葉、願いを受け取って、果たすため、
これからコツコツと、自分の度量を広げていこうと思う。

それが私にとって、あのとき、言えなかったひと言をアウトプットすることだと思う。

Lesson 20

連鎖2——母の哀しみ

悪意は連鎖する。

ある人から受けた悪意を、私が持ちきれず、母にあたり。
母は、父にあたるだろうか、
その後、父はどうするだろうか……、と思ったら。

母は、悪意をリレーしなかった。その代わり胃をこわした。
母は自分の腹で連鎖をとめたのだ。

そんな内容のコラム「連鎖」を書いたら、たくさんの反響をいただいた。

「ズーニーさん、そりゃひどい」と言う人、

「おかあさんにちゃんと説明をしたのか」と心配する人もいた。

「おかあさんが体をこわしたのは、ズーニーさんのせいではない。親は子にかけられた迷惑を決して、そんなふうに思いはしない」

と言ってくださる人もいた。そのメールを見て、泣きそうになった。

母はものを食べられるようになったのだろうか？

私は母に電話をした。

母のおかげで私は元気になり、人に対して、また積極的に向かえるようになった、と。

母を攻撃してすまなかった、と。

さぞつらかったろう、と。

ところが、母は、意外にも明るい声で、

「お盆に、あんたらが来てくれてから、食べられるようになったんで！

それまでは、なんかつかえたようなかんじで食べられんかったんじゃけど……」

と、うれしそうに言った。

なんと、盆に帰省した、こんな自分勝手な娘の顔を見ることが、母には何よりの薬だったのだ。

それを聞いて、私はよけい、自分の不孝を、いよいよ行き場なく、後悔した。

「おかあちゃんは、こどもになんかされるんは、ちっともストレスじゃねぇ！（＝ストレスじゃない）」

一点の曇りもない声で、母はきっぱりとそう言い切った。


盆に。

帰省した私の姉が、安心したのか、めずらしくお酒に酔ってモドしてしまった。

母が、姉の吐いたものをふいていると、姉のこどもがきて、

「わー、汚ねぇ！！　おばあちゃん、ようやるなあ！

うちじゃったら、汚のうて、ようせん（＝私だったら、汚くてできない）」
と言った。
母は、すかさず、

「そりゃあ、おばあちゃんにとっては自分の子じゃもん。子はかわいいもん。
ちっとも汚のうねぇ（＝汚くない）」

もう四十も半ばを過ぎた、いいおばさんの姉のことを、「かわいい」と言う母。
そうか、親にとって、子は、吐いたものも汚くないほどかわいいのか。
スゴイな。
こどものいない私には、その感覚がわからない。
だけど、姉の子には、こどもにとっては、親の吐いたものは、やっぱり汚いのか。
その気持ちはちょっとわかる。
切ない現実。

切ない生命のシステム。

だから、子は親の愛を親に返すことはできず、つぎ、自分の産んだ子に受け継ぐんだな。

ときどき「愛」について、考えてみる。

ちまたで、「愛」という言葉をよく耳にする。
私も、「愛している」と思うことがある。
でも、そのとたんに違和感がわきあがってくる。
「それが愛か？　そんなもん、愛じゃねぇよ」と。

条件がつく。
「愛してる。あなたも私を想ってくれる限りは」

多くの人が、自分を理解してくれるなり、必要としてくれるなり、そばにいてくれるなり、とにかく心のどこかで相手に、「くれ」というようなことを期待し。

その一点を思いつめ、その可能性がある限りにおいて、愛していると言う。

でも、それが果たせないと、裏切られたと、傷ついたり、泣いたり、責めたり。相手を恨んだり。

こっちを向かせようと、相手が嫌がる方法で気を引いたり。

離れていこうとする相手のことを、だめなやつだとダウンサイズしようとしたり。

相手が自分と離れたところで、幸せに羽ばたこうとするのを寂しがったり。悲しんだり、嫉妬したり。


……それが、愛だろうか？


母は、私がひどいことを言ったにもかかわらず、ちっとも恨んでなどいなかった。

言われた言葉で自信を失うようなこともしなかった。

いや、もはや、私の言ったひどい言葉の数々は覚えてもいないふうだった。

でも、たったひとつだけ、私がそのとき言った言葉で、決して、母の心から消えていかない言葉があった。

私は、言ったことさえ忘れていたけれど、その言葉は、何十日も母の心をわしづかみにし続けていた。

それは、私が、

「電気もテレビもつけたままでないと眠れない」

と言った、ひと言だった。

いまはもう、そんなことはないので安心してほしい。仕事の集中がピークだったとき、数ヶ月、ほとんど外に出ず原稿を書き続けたときがあった。プレッシャーとか、書くのがつらいのとか、ここで言うつもりはない。とにかく、その間、人に会えず、三食、三食、毎日、毎日、独りで、ものも言わずごはんを食べる、のが続く、というのが、どうも自分には、きつかったようだ。

夜寝るために電気を消すと、孤独がわんわん鳴る。

そんな時期のことを、母に話した。忘れていたけれど、そういえば、そうだった。

ずっと、明るい声だった母が、唯一、声をつまらせながらこう言った。

「おかあちゃん、

あんたが、つらいんじゃろうな思うても、

なんにもしてやれんのが、つろうて。

もう、あんたが、
電気もテレビもつけとらんと寝れん言うたんが……
思い出したら、ここらへんが締め付けられるようで……
おかあちゃん、なんにもしてやれんのがつろうて、つろうて……」

「優」しいは、「人を憂う」と書く。


「何もしてやれない」

姉も私も出て、実家にはもう子どもはおらず、父と二人だけで暮らす母の、唯一、それが「哀しみ」だった。

私は、とてつもなく大切なものをもらったような気がした。

ちゃんと生きよう、幸せになろうと、真剣に思った。

同時に、このような愛を与えられないと、人をほんとうに愛することもできないと思った。

ほしい愛が与えられないことは、ほんとうにつらい。

子のいない私だが、「読者」を想うとき、無条件の、母の気持ちが理解できるように思う。

母のような愛を連鎖できる人間になりたい。

Lesson 21 コンテンツLOVE——連鎖③

「ほんとうの愛を与えられたことがなければ、
人をほんとうに愛することもできない」

っていう考え、あなたはYESですかNOですか？

前回の「連鎖2」には、質・量ともに、スゴイ！！！　おたよりが届いています。

紹介したいメールがいっぱいですが、今日は、まず、この問題を採りあげたいと思います。


愛されない者は愛せないのか!?

山田さんが前回のまとめ部分で書かれている「愛されないと人を愛す事は出来ない」と言う現象を、私は信じたくはありません。

私は「愛」を受けたと感じた事は今まで一度もありません。

私は出来れば人に「愛」を与える事が出来るような人間になりたいと思いながら、毎日を過ごしているのですが「あなたがいくら努力したって無駄だよ」と言われているに等しいのです。

何か私の人格そのものを否定されたような感覚に陥ります。

人間は「愛」を与えられるまで、人に「愛」を与えられないままなのでしょうか？

その人の人生に「愛」ある他者が介入してこない限り、その人は一生「愛」無き人間になってしまうのでしょうか？

私が、人に「愛」を与えられるような、立派な人間になりたい、心の真っ直ぐな人間になりたいと思い、生活している毎日は、無駄なものになってしまうのでしょうか？

（読者　大学2回生さんからのメール）

私は、「普遍的な答え」っていうのに、どうも、最近、興味がなくなってきているようです。

そのせいか、よいことではないのですが、人に質問をしたり、人から答えを聞こうということを、ほとんどしなくなってきています。

こういうのも「正解なんてないんだろうな」、「あっても自分にはつきとめられないだろうな」、「だれかが正解を持っていると言われても、その人の正解と、私と、なんのカンケイがあるの」と、すぐ、思ってしまいます。

私は、こういうとき、「考えて」、「自分の仮説」を立てて、「自分の人生を使って実験する」という方法をとります。

「だれの言うことにも、頭までなびかせるな。信じたくないものは、自分の人生を使って検証するまで信じなければいい」

これは、生きてるうちに、たくさんの答えを知る、というのをあきらめてでも自分でつかみたい、という私のエゴかもしれません。

あるいは、「正しい答え」より「納得感のある答え」を私が求めているからかもしれません。

私の「仮説」は、あとでお話しするとして、まず、朝届いた、胸をつかまれたメールから……。

幸せと感じた日など一日もない

青森市在住、24歳、女です。

この間私は、母と過去のことを話しているうちに気持ちが昂(たか)ぶり、泣きながら次のようなことを言ったのでした。

「私は子どものころ、幸せと感じた日は一日たりともない」

言ってはならないことでした。

母から、家族から愛されなかったからではありません。

私の生まれつきの、不安がつねに心につきまとうという気質によるところが大きいのです。

ただ、そのことを子どものころ、どのようにして人に伝えたらいいかわからず、一人で抱え込み、苦しんでいました。

その苦しみを気付いてもらえなかった（もちろん知らせなかったのですし）、和らげるようなことはしてもらえなかった、という恨みのような気持ちを、大人になった今もずっと引きずっていたのです。

私がおもわず言ってしまったあとで、母はうっうー、と声を出して泣きました。

母が涙ぐんだり、悲しみに声をふるわせることはありましたが、母の嗚咽を聞くのは初めてでした。

自分の言った言葉が、女手で家族を養うため必死で働きながら、子どもの幸せを願って生きてきた人にとって、どれだけ酷なものであったか、胸をつかれる思いでした。

それでも母は、涙をこぼしながら、

「ごめんなさい、申し訳なかった」

とくりかえしていました。

それから一週間も経ったでしょうか。

現在働いていない私は、昨日、ある地方紙の支社の事務という仕事の面接を受けてきました。応募者多数ということもあり、採用はきびしいかな、と思いました。

眠る前、母に、だめかもしれない、とこぼしました。

今朝起きてみると、次のような母の書き置きが私の机の上にありました。勤めに出かける前に書いたのでしょう。

「真子へ

あなたは真珠をもっている

心の中にその輝きがあるのを私はいつも感じている

もしも、今、会ったばかりの他人が気付かなかったとしても、

そのためにその輝きを曇らせないでね」

なんという言葉でしょう。

あのように傷つけた人から、私はこのような言葉をもらったのです。私は泣きながら、心にあたらしい風が生まれるように感じました。

私には今、将来への明るい見通しは何もないのです。

それでも私は生きていくのだ、と思いました。

母のことを思うに、とてつもない、かないっこない巨(おお)きな愛というものがあるのを、今感じています。

（読者　真子さんからのメール）

「将来への明るい見通しは何もない、それでも私は生きていくのだ」

という言葉に無限の勇気が湧いてきます。

私は、まるで「愛情ひでり」と言えるような、来る日も来る日も、ひとりぼっちで生きた期間があります。

孤独は、どこまでも、深く、ながく、うんざりしても、逃げてくれず、体につきまとい、じたばたしても、どうにもならず、どうもできず、一日が終わります。

一日の暮れ、西に向いた窓の向こう、胸が痛くなるような夕陽をいつまでも見て、私は、孤独にやられるままになります。

翌日、朝陽が昇り、また、昨日とおんなじ一日がやってきます。

そのころ、「人の幸せが歓べない」自分を発見し、落ち込みました。

善人ぶって、と思われるかもしれませんが、私は、どんな局面でも他人の幸福を歓んできた。そのことには、自信があったのです。

なのに、困難を克服した人の手記とか、人の不幸にばかり、反応してしまいます。

私は、人の幸福を歓べず、人の不幸は蜜の味なのだろうか？

そんな人間に成り下がってしまったのだろうか？

ところが、人の不幸に敏感になり、その人の話に耳を傾け、その人が、私と同じくらい寂しい想いをしているのを知ると、それが、リアルに感じられるだけに、

「いやだいやだ。人の不幸はちっとも蜜の味なんかじゃない。自分のような寂しい想いをしている人は、自分だけで十分だ。他に一人もいてほしくない！」

と、もっといたたまれなくなりました。

結局、私は、幸福からも、不幸からも、疎外され、心はささくれて、自分は優しくない冷たい人間になってしまったんだとしだいに思うようになっていきました。

そんな時期から、なんとか這い出して、しばらくたって、前回言ったような、無条件の母の愛に触れたとき、

「ほんとうの愛を与えられたことがなければ、人をほんとうに愛することもできない」

という言葉が、はじめて、すとんと腑に落ちました。

私は、この言葉を受け入れて、

「なんだ、そうか！」

とすごく元気になりました。

「私が人の幸福が歓べなかったのは、私が冷たい人間に成り下がっていたからではない。

あのとき、お腹がすいていたからなんだ」

私は、「愛」を「ごはん」にたとえて考えます。

ごはんをしっかり食べている状態で、「山に登ってきて」「手の込んだ仕事をして」と言われたらできる。

でも、1週間も、まったく飲食させてもらえず、腹はへりきって、のどは渇ききった状態で、「山に登ってきて」「手の込んだ仕事をして」と言われても、できないし、できないのがあたりまえです。

「掃除と愛情はためておけない」という言葉を先日聞きました。

愛も、ごはんも、こどものとき、お腹いっぱい与えられたからいまは、もういいだろう、というものではない。

しばらくたったら、また、お腹がすきます。

定期的に、与えられないと、元気を失うし、しまいには、生きられなくなる。

自分の子を虐待してしまう、あるお母さんの脱却方法を、ドキュメンタリーでやっていました。

そのお母さんもまた、子ども時代、親から虐待されていました。

「子どもにお菓子をあげたい、子どもを遊園地につれていってあげたい」

と、母親らしい気持ちが起きると、同時に、

「自分は子どものとき、一度もお菓子をもらったことがない」

「遊園地につれていってもらったことがない」

と、子どものときの自分が、自分の子どもに嫉妬してしまい、虐待してしまうのです。

そこを抜け出すためにどうするか？

人の「愛」を借りるのです。

福祉のサポートをしている方がやってきて、そのお母さんに、まるで親のように、手料理をつくって食べさせたり、愛情をかけたり、「生きなおし」という、子どものときに果たせなかった想いを果たす、というプログラムをやります。

そうして、お母さんが、愛をチャージすると、自然に、子どもに嫉妬する必要もな

くなり、愛を注げるというわけです。

世の中には、もしかしたら、愛というごはんをまったく与えられなくても、人に愛を注げる人がいるかもしれません。

しかし、私は、自分がそういうシロモノではないことが経験の中でよくわかりました。愛するまえに、まず、愛がほしい。

じゃ、どこへ行って、どう愛をつかんでくるか？

ごはんを食うためには、働きます。どうしても食えなくなったら、人に頭を下げて食わしてもらって、まず、ごはんをチャージしてから、まず、元気になってから、また働いて、食わしてもらった人にお返しします。

つまり、愛し、愛される、という循環を、自分の生活や仕事の中に、きちんと立ち上げていこうと考えて、トライすることです。

愛は、与えれば与えるほど返ってくる、と言われますが、元手がないことには、与えられません。

読者の真子さんは、足りないものを足りないと言えた。ほしいと伝えた。

伝わった。

ほしいものをつかんだ。


いま、私には、いくぶんチャージがあります。

この期に、しっかり、与える愛を出すのと、人から愛されるような自分を立ち上げるのと、両方の努力をやってみようと思っています。

愛は、たとえば、ものすごくおいしい料理人の料理を食べたり、大好きなアーティストのライブを見たあと、歌からも伝わってくるように、作品を通しても、込め、受け取れるものだと思います。

言葉にすると、薄っぺらくなるので、ここに書くのをためらいますが、私は、自分の書くもの、また、講演やワークショップなど、教育の場に、愛を込める、ということをやっていこうとしています。


そのために、愛というコンテンツを自分の中にきっちりつくること。


では、どうすれば人から愛される自分になるのか？

愛し、愛される循環というものを、どのようにして、自分の身のまわりの人間関係や、仕事において、つくっていけるのか?
また、新たな仮説をつくって、体当たりで検証です。

Lesson 22
再会――連鎖④

「恋愛」という言葉には、まったく反対の言葉が同居している。

「恋」は、「くれ」のかたまりだ。

とにかく、「ほしい、ほしい」「くれー、くれー」と言っている。

「愛」は、無条件に「与える」。

宗教もなく、また、こどももなく、どっちかと言えば、与えるよりは「くれ」という性格で、どうも、愛を語る資格のなさそうな私だが、読者を想うとき、これは、愛ではなかろうか、とよぎることがある。

とくに、編集長をしていたころ。言葉にすると、ペラペラでうさんくさいんだけど。

愛があふれてくるように感じた瞬間があった。

それは、会社の、とりたてて何もない日常の、いつもの見慣れた光景の中で、ふと訪れる。ふと訪れるから、とまどう。でも、そんなときは、とまどいながらも、読者を想う。

ただ、じっと、想う。

想いがあふれるような感じがして、私は問いかける。

想いはどこから来るのだろうか？
想いはどこへ行くのだろうか？

会社を辞める日。２０００年のこと。

予想もしなかった、たくさんの人が私のために泣いてくれた。

その中には、私とはほとんど私語を交わしたことのない人も、私のことを、気に食わない、と思っている人もいた。そんな人は、当然、私がいなくなるのがつらくて泣いていたわけではない。

だけど、山田という人間がいて、いいか、悪いかは別として、なんだかものすごく読者のことを想っていたということだけは、伝わっていたようだ。

そういう人間が、読者と引きちぎられるようにして会社を辞めていく。

ただそのことに、たくさんの人が、なぜか涙を出していた。

読者の考える力・書く力を生かすことは、私のすべてだった。

2005年。

9月、大久保、お好み焼き屋さん。

目の前には、海老・イカ・蛸が入ってそばがのったモダンと、葱もいっぱい、牛スジいっぱいの、ねぎ焼きが、めちゃめちゃいいシズルで、まさに焼けようとしている。

どうにいった手つきで焼いているのは、このお好み焼き屋さんの御曹司で、友人の在哲くん（26歳）。

待っている。

私は、もう一人の友人、千恵さん（25歳）と、「いまか、いまか」と焼き上がりを待ちきれない子どもの、私たちのために、在哲くんは、あらかじめスプーン1杯ずつの、ネタを残しておいて、鉄板のあいたところに、超ミニサイズのお好みをつくる。それに紅ショウガをのせ、サクッと焼き上げてから、千恵さんと、私の皿にもる。

さながら、

「焼けるまで、これ食べていい子にして待っててね」

という母親の手つきだ。

友人の在哲くんには、ずいぶん助けてもらった。

ちょうど在哲くんに会ったころ、私は、メディアに出ることや、講演などのライブが多くなったころで、お客さんとの距離感が変わってきて悩んでいた。

音楽をやっている在哲くんは、よく相談にのってくれた。

在哲くんが夜、都会の路上でライブをやっていると、無言で近づいてきて、いきなり太鼓を蹴ろうとする若者がいたり。

車の窓からコワモテのお兄さんが顔を出してきて、「ここでやるなよそへ行け」と、ドヤされたり、それがまた、必要な警告になっていて救われたり、という話をしてくれた。

在哲くんは、いつも地面に太鼓を置いて、その前に座る。

その位置から、お客さんを見ている。

その位置から音楽をやっている。


「その位置さえ見失わなければ大丈夫」

と、在哲くんは、お客さんとの距離に苦しむ私に教えてくれた。


どうしてか、私がリスペクトする人に20代が多い。

私は編集者から書き手に転向して、まだ5年半と浅い。

そんな私が、書き手として第一歩を踏み出すときから、5年半ずっと育ててくれた編集者さんが、当時、まだ23歳の、しかも大学生だったという話は、あまり知られていない。

出会ったころは、私は、書き手としてはゼロ歳児だったたし。

編集者さんの方も、編集者としてはもちろんゼロ歳。しかも、社会人としてもゼロ歳、どころか、まだ学生だった。

二人とも手探り。それがよかった。

私が5年半経っても、まだ書き続けていられるのは、経験則や、技術に頼らず、よけいな計算もせず、ただ、編集者さんの中にあった絶対価値、つまり、

「おもしろいか、おもしろくないか」

だけを頼りに導かれたからだと思う。

不調な人間に、だれが見てもわかる、よくない点を指摘して、それを直すようアドバイスしても、意味がないばかりか、よけい不調にさせてしまう。

だけど、その編集者さんは、いっさいそれをしなかった。

私自身、生徒を指導するとき、生徒が不調だと、つい、口を出したくなる。

ときにそれは、生徒のためではなかったりする。生徒の不調は、指導者としての自分が悪いのではないか、という不安がよぎってしまう。教師の方が、追い詰められるものだ。

そういうとき、その不安を払拭しようとして、あるいは、私は、ちゃんとやるべきサポートをやりましたという外へのポーズとして、言わなくてもいいことを言ってしまう。

生徒を信じて、自分でいいものをつかんでくるまで待つ、ということをつい忘れてしまう。

5年半、書くのに必死で気づかなかった。

不調が長く続くとき、自分もつらいが、編集者さんもつらいのだということを。

5年半のうちの、不調のシーンの全編において何も言わずに信じて待ってくれていた。

非常に、まれで、ありがたいことだったと、いまになって、感謝がこみあげてくる。

編集者さんの歳を意識したことはなかったが、今年になって、そういえば28歳であることに気づいた。

なんで年齢をあらためて意識したかというと、今年になって、気づいてみると、自分のまわりに27歳前後の人が、あまりにも、不自然なほど、多かったからだ。

30社近いオファーをいただいた中から、私が「書き下ろしで新しいことに挑戦させていただきます。編集を担当してください」と、こちらから頼んだ編集者さんは、27歳だった。

自分でも、なぜ、ベテランでなく、まだ編集歴の浅い人に頭を下げているのか、意外だった。

その編集者さんは、約2年にわたり、非常にコツコツとした、丁寧な仕事を通して、いわば、私の「いまの若者観」を塗り替えるきっかけをくれた編集者さんだった。

この編集者さんに会わなければ、私はまだ、いまの若者のことを、帰属意識が薄く、目的意識の薄い、教え導いてあげねばいけない存在としてとらえていたかもしれない。

幼いうちから、情報的洗練を浴びた、いまの若い人たちが、内面に、インプットによって築きあげた豊かな世界を持つこと、そこから、経済効率とは違ったゴールを描いていること。

むしろ、彼らが中年になって、いま、彼らの脳にある未来が現実の社会に反映されるときに、居場所を失うのは、自分たちの世代ではないかと気づかされた。

こちらから、若い人と仕事をしようと近づいたことはない。

なぜか向こうから、一緒に仕事をしたいと手を引いてくれる人物、岐路で、キーになる情報をくれる人に、ここへきて、27歳前後の人が多い。

そういうのは、確証バイヤスと言って、思い込むと、よけいそう見えてくるものだから、あえて、そう考えまいと、努力していたくらいだった。

でも、それにしては多すぎる。

つい最近になって、その編集者さんと企画について話しているときに、ひょんなことから、その編集者さんが1978年生まれであることに気づいた。

78。

会社で高校生を対象とした編集をしていたころ、読者を「生まれ年」で管理していた。

だって、「読者の高校2年生」と一口に言っても、来年には高3になる。

来年度の企画をたてるようなとき、いちいち、

「来年の高2生は……」

「今年の高2生は……」

と言っても、わかりにくいし、ごちゃごちゃになる。

だから、「77生」「78生」「79生」というように、生まれ年で把握していた。

1984年入社から2000年まで、高校生を対象とした教材編集をしていた私は、単純に考えても、67生から83生まで向き合ったことになる。

なかでも、私が東京に転勤になった年、私に、「読者とは何か」を開眼させてくれる契機となった78生は印象深い。

家族と離れ、東京に一人暮らしを始め、睡眠時間3時間ほどの、企画開発の生活で、

くる日も、くる日も、高校生、78生のことを考えていた。

高校生が歓んでくれるのだったらなんでもできる、と思っていた。

「想いに想い、考えに考えよ」

というのが、私のいた会社の創業者の口癖だった。

2000年に会社を去るとき、もう一生、二度と高校生に向けて編集できないかもしれないと思った。

私のことも、私がつくった教材の名も、全部忘れていいから、
教材にこめたもの何かひとつ、

「考える力・書く力」のかけらでもいいから、
その高校生の中に生きて、
羽ばたけ！　と念じた。

まさか、あのときの高校生が、こんなりっぱな社会人になり、さまざまな意味で私を導いてくれようとは。

「ズーニー！」

高校生の呼ぶ声がする。

見ると、さっきまで、講演を聞いていた生徒たちだ。まるで旧知のように私を呼んで、一生懸命手をふっている。

いま、私は、全国を講演でまわっている。

おとといは名古屋で元気な高校生たちに会ってきた。

こうしてまた、違う形で、高校生に逢っていることが、不思議で、自然で、うれしくてならない。

想いはどこへ行くのだろうか？

想いは消えてなくならない。

形にならなくても想いはある。

人を想うことは無駄ではない。

想いは、伝わる！

Lesson 23 「おとな」というシステム――連鎖⑤

気恥かしいが、ここ何週か、正面きって、「愛」について考えてしまっている。

愛は、ごはんのように、定期的に摂らないと生きられないものと仮定してみる。

この仮定がすでにつらいと感じる人もいるだろうけど、もうちょっとだけしんぼうして読んでほしい。

欲しい愛に干されつづけ、心に食うものを、とってくる方法も、つくり出す方法も、何も知らず、「心の腹が減ってるんだ、与えてくれ」と、声高に主張することも、頭を下げて人に乞うことも、全部できなかったらどうなるんだろう？

読者のSさんから来たメールを紹介したい。

連鎖を止めたもの

「連鎖」についての感想と、僕の体験を送らせてもらいます。

「ほんとうの愛を与えられたことがなければ、人をほんとうに愛することもできない」

という事は、僕は〝YES〟だと思います。

僕は昔、

「自分は誰からも愛される価値のない存在だ」

という思い込みにとらわれていました。

昔、親に対して、

「自分が子どもやったら、どう扱ってほしいのさ‼」

と、不満のあまり言ったことがありました。

その答えはハッキリとは覚えていませんが、〝わからない〟というニュアンスだったと覚えています。

なぜかというと、両親自体も〝愛〟を深く受けていない、という事でした。

父親は、自分が何もわからないまま、自分の子どもに接しているという事を知って、自分が求めている〝親からの愛情・理解〟というものが、得られない事に気付きました。

しかも、父は、悪気などなく、知らないという事なので、僕は怒りのやり場を失いました。

「仕方ないんだな……」

という思い、絶望感に打ちひしがれていました。

納得はできても、その飢餓感が満たされる事はありませんでした。

自然と僕は、今、よく言われているような〝いきなりキレル子ども〟に、なっていたように思います。

自分でも感情の歯止めがきかなかったのです。

いきなり怒ったり、衝動的にイライラしたりしていた事を覚えています。

自分がおかしくなっているのを僕は自覚せざるをえませんでした。

そのイライラで、僕はある人に怪我をさせてしまいました。

いずれ、そのような事が起こりうると、僕は薄々、感じていました。いつか爆発してしまうんじゃないか、という事を。

周囲からも、責められました。

言われるまでもなく、自分の責任なのですが、自分でも、なぜそんな事をしてしまったのかわからなかったのです。

自分でもわからない事を他の人に説明できるわけがありませんでした。

僕は、自己嫌悪と孤独に追い込まれていきました。

す。誰にも、理解されない感覚と、人に近づくのが怖くなるのをかんじていたからです。自分の中に、爆弾を抱えているような気分でした。いつ暴発するかわからないものが自分の中にある、そして、今度は、もっと大きな事をしでかすのではないか、と思っていました。

〝自傷行為〟という事に近い事もやりました。もし、その時に〝リストカット〟という言葉はありませんでしたが、もしあったなら同じ事をしていたと思います。

目を閉じて、静かに息をしていて、自分の体の動作を確認するように、

「……体は自由に動く……でも、心が、おかしくなっている……」

と、思いました。

その頃の僕は、周囲に殺意を抱く事もありました。

「どうして、自分だけがこんなに苦しまないといけないんだ……何も、悪くはないのに……」

という思いが、自分を非難する人、のほほんと気楽にしている同級生に対して、怒りになって蓄積されていっていました。

でも、冷静になり、我に返ると、自分も父親と同じ事を周囲に対してやろうとし

ている事に気付きました。

おぼろげながら〝連鎖〟を、次の人にネガティブな事を回していこうとしている自分に気付きました。

「……こんな事、僕は望んでいない……」

という思いがありました。

同じ事を繰り返しても仕方がなく、どこかで流れを止めようとする意識が強く働きました。

以来、僕は人との深い関わりを拒絶するようになっていきました。

本を、よく読むようになりました。

人と深く関わるよりも、遊ぶよりも、本を読む事で癒される、という感覚がありました。

「愛は、たとえば、ものすごくおいしい料理人の料理を食べたり、大好きなアーティストのライブを見たあと、歌からも伝わってくるように、作品を通しても、込め、受け取れるものだと思います。」

というのも、とても納得できます。

昔の僕は、その〝愛〟を、もらって暴発する事を防げたのだと思いますから。

心理学の本、歴史本などを、ゆっくりとしたペースですが、結構、読み込んだと思います。

他のジャンルの本も、読みました。

孤独な生活が多かったですが、徐々に、知識と、そこに込められている〝愛〟というものに癒されていったと思います。

そこでチャージした〝愛〟を、他の人に多少なりとも分配して、〝愛〟を、得られたのかもしれません。

それに、自分でもわからない事が自分と同じ年齢の人にわかるわけがない、という思いから、自然と年上の人に近づいて行こう、という意識が働きました。

同級生、同学年の人とは、どうも気が合いませんでした。

というか、僕の飢餓感を埋められるのは、〝年上の人〟なのだと思います。

今、僕の内面には、殺意は満ちていませんし、怒りも、解消されたように思います。

ほんの少しずつでしたが、進歩しました。

現在、僕は、まだまだ満足していませんが、もし、昔のまま、〝連鎖〟を止める意識が働かず、衝動のままに日々を過ごしていたなら、犯罪者になっていたかもしれません。

わかりませんが、そんな気がします。

長くなりましたが、こういう事をメールする機会も、中々、ないので長々と書かせてもらいました。

ありがとうございます。

（読者　Sさんからのメール）

愛をごはんだと仮定すると、こどもは自分で稼げない。

おとなから与えてもらわなければ食えない。

与えられないとき、イラつくのは、とても自然のことだ。

Sさんは、よく耐えたな。

本から愛を摂取していったというSさんの行為は、すきっ腹でイラつくときに、畑に種をまくような、コツコツと根気のいる作業だが、それだけに手堅く、個人の努力で、心の養分を手に入れられる方法なのだと伝えてくれる。

もう一人の読者、Wakadoriさんはこう言う。

おとなというものは

いわさきちひろさんの、「ラブレター」という本の、いっちばん最後の一文なんですけど。

『大人というものはどんなに苦労が多くても、自分のほうから人を愛していける人間になることなんだと思います。』

ほぼ毎日のように読み返していて、ときにはひとりで暗誦してつぶやいたりして、今も毎日、すごく大事にしてる言葉です。

ズーニーさんの言葉を借りれば、自発的に愛情というゴハンをつくり、自分で自分にチャージし続けられる、その努力が苦にならなく続けられる精神力を持つことが、大人になることなのかなと。

（読者 Wakadori さんからのメール）

こどもはおとなから愛を与えられ、おとなは、自分で愛の循環をつくり出す。

そう仮定したら、やっぱり、そのしくみが入れ替わる、思春期は、精神的にきついなあ。

いま表参道で暮らしていると、ここは恋人たちの街なのか、いやでも手をつないだカップルに、次々でくわす。

以前は、あつくるしいと思っていたカップルを、いまは、「うまくいけよ」と祈るような目で見ている。

カップルは、愛の製造機。

一組の好きあった人間どうしが一緒にいるというのは、つくづくよくできたシステムだな、と思う。愛し、愛され、そこでは、愛が製造され、循環する。

恋人たちが幸せになってもらわないと困る。

いっぱい幸せになって、いっぱい愛を製造して周囲におすそわけしていってほしい。

そうか、おすそわけする分を、生まれたこどもに注ぐのだな、

そう考えたら、結婚というのも、すごくよくできたシステムだ。

父さん、母さんで愛をつくり、つくり出した分を、自分ではまだ食っていけないこどもに与える。

結婚という形をとっても、この、愛の循環がつくれなかったら、おとなになりきれず。

結婚ではなく、友情とか、ご近所とか、その他の人間関係や、仕事でも、愛し、愛され、つむぎだした愛を必要な人に注ぐ、という循環がつくれたら、おとな、ということになる。

『大人というものはどんなに苦労が多くても、自分のほうから人を愛していける人間になることなんだと思います。』

私は、ここへ来て、重要なことに気づいた。おとなになったら、「愛する対象がいる」ということだ。それは、男女の愛には限らないのだけど。

愛されたくても愛を与えてもらえないこどもと、愛したくとも、愛を注ぐ対象がないおとなと、どっちが苦しいのだろう？

すきっ腹もカリカリするが、出るものが出せない、というのも、閉塞感がある。

「愛されるよりは愛したい」という人が、出しどころを間違うと、一人っ子を溺愛しすぎる、というような、過剰になったり、いびつになったりする。

「おとな」になるっていうことは、自分に必要な愛は、自分でとってきつつ、ちゃんと自分から愛を注ぐ対象を見つけ、そこに必要な愛を注いで、細々とでも、それを、循環して続けていけるっていうことだ。

おとなになるって、やっぱりすごいことなんだ！

Lesson 24 独立感覚

単行本『おとなの小論文教室。』編集のため、ひさびさに5年前、「ほぼ日刊イトイ新聞」に自分が書いた文章を読んだのですが、へたくそなのに、弾丸のように響いてきます。

言葉ではなく、技術ではなく、読んでいて、めちゃくちゃかきたてられるものがあります。

巻頭の「連鎖」の原稿は、5年前の「おとなの小論文教室。」を読んで、過去の自分にインスパイアされて書きました。

5年前の自分は、文章に余分なくだりが多く、技術がないため、ぶっきらぼうだったり、わかりにくかったり、しかし、いまの自分が到底かなわないものを持っていました。

一人の人間が、社会という生命線を断たれ、崖っぷちの状況で、死にものぐるいで書いた、書き続けた、その命の輝き、表現の強さに、いまようやくながら気づいて、頭をたれるような想いです。

この秋から来年に向けた自分の目標は、このときの自分を超えることです。

ライバルは、他の人ではありません。5年前の自分です。

しかし、連載6年目を迎えた「おとなの小論文教室。」、いまだに、私が、何度となく、「これが最後かも」というような背水の陣で書いていると言っても、なかなか信じてもらえません。

職場にしても、その他のことでも、あるところに6年もいつづければ、「おなじみさん」というか、場合によっては「ベテラン」になったり、すっかり、根をはったような存在になることも多いものです。

ところが、「おとなの小論文教室。」を連載している「ほぼ日」は、いい意味で、決して「おなじみさん感覚」を許さない独特の磁場を発してくれているように思います。

私は、「ほぼ日」の許された小さなスペースに、一度も、あぐらをかいて座ったことがありません。

自分で自分に課した、ある基準があるのですが、この8月は、

「いよいよそれに達しないか……」

「とうとうやめなければいけないときがきたか……」

身体にザワザワと寄せてくる危機感に本気で怯えました。

考えたら、ずぼらな自分が、6年経っても、いつまでも新人のような新鮮さ、危機感を持ち続けられ、背中を押し続けられるというのは、めったにない、とても「ありがたい」ことです。

これこそが、私が磨きたかった「独立感覚」なのだと気づきました。

この、「独立感覚――インディペンデント・センス」という言葉は、石田さんという編集者がキーワード化してくれたものです。

一緒に企画を考えているとき、

「いま山田さんが関心あるテーマは？」

と聞かれ、私は、「眠狂四郎」と答えていました。

いまの自分を形容するときに、どうしても、「無頼」の「お侍さん」と重なってしまうのです。

いま、私の活動の中心は、講義・講演・ワークショップなどのライブでかなりの本数をやっています。

どこにも所属せず、なんのうしろだてもなく、なんの権力にもおもねらず、北は新潟・盛岡から南は宮崎まで、「言葉」という刀ひとつを頼みにたったひとり、旅から旅へと渡っていきます。

そのときに何が必要か？

何を失ってはいけないか？

そんな私の話を、石田さんは、ばかにせず聞いてくれ、

「それは、自分に頼って生きる、

＝独立感覚——インディペンデント・センスですね」

と、言葉化してくれました。英訳としては多少問題はありますが、和製英語として、ここでは、インディペンデント・センスと呼ばせてください。

ちょうど、そのあとに、別の編集者さんが持ってきてくださった本が、『パラサイト・ミドルの衝撃』という本でした。

「パラサイト・ミドル」とは、直訳すると「寄生中年」。組織や若い人の稼ぎに寄生して生きる、サラリーマン45歳の憂鬱がテーマです。

インディペンデント・センスと、パラサイト・ミドルは、対極にあるような気がします。

「ほぼ日」というメディアが発している、いつまでも私を新鮮たらしめている磁場とは、言ってみれば、パラサイトを寄せ付けない磁場。その秘密の一端を見たように思いました。

それは、「ほぼ日」というメディア、それからこのメディアを運営しているクルーの一人ひとりが、独立感覚を磨き、進み続けているからではないかと。

では、独立感覚――インディペンデント・センスとは何か?

私は、「自分に関する信頼感」ではないかと思います。

なんていうと、さも自信まんまんで迷わず、目的に向かって突き進んでいるような印象を持たれるかと思います。

でも、私自身、5年半、仕事を細々と続けてこられた、それを支えた、「自分への信頼」というものをふりかえってみると、それは、人から見たら、逆の印象、なんかくよくよして見える。

ずっと迷っている。

揺れ続けている。

独立感覚を磨いていく、とは、そんな感覚ではないかと思うのです。

ホステスさんのドキュメンタリーを撮っていた人が言いました。

「カウンターをはさんで話をしていて、すごいオーラがあって、この人はなんだかわからないけどものすごい！　と思わせるママがいる。でもそういう人に限って、なかなか映像では、そのすごさが伝わらないんだよね」

映像、とくに、テレビ栄えするのは、年商何億円とか、自分の経営する店、何店舗、といった目に見えた成功をとげたママだそうです。

たしかに、それもほんとうにすごい人なのだけど、カウンターをはさんで向かい合ったときの「本物感」は、前出のママに遠く及ばないのだそうです。

その、すごいと感じさせるママは、とくに年商がすごいわけでも、店が大きいわけでもありません。

そのドキュメンタリーを撮っていた人は、さらに、こう言いました。

「その、ほんとうにすごい、と感じさせるママは、やっぱり、すごく悩んでいたんだよね」

うまく言えないのですが、私はその話を聞いて、

「自分の感覚を、あけわたさないから悩むんだ」

「ずっと悩み続けるなんて偉いなあ」

と思いました。

水商売に限らず、成功しているか、していないかには関係なく、目先の成功のために、自分の感覚を売り渡した人は、一見ツルツルしています。一見ひらけていきます。揺れることもない。

でも、目先の成功に、自分の感覚を売り渡した人は、品のない顔をしています。

ふと、「悪魔に魂を売る」という言葉を思い出しました。

売り渡すか、売り渡さないか。

成功に効率よくたどりつくマニュアルが、こんなに親切に出回っているいま、自分の感覚を信じるなんて、並大抵ではありません。

信じてみたところで、自分の感覚なんてとても小さい。

自分の感覚でやることだから、プレッシャーもやたらきつく、失敗の痛さもどでかい。

だから、自分の感覚を疑い続けるのもあたり前で、悩み続けるのもあたりまえで。

それは一見、くよくよと見える。

それでも自分の感覚を売り渡さず、自分の感覚で最後まで、遠く、時間のかかるゴールを目指そうとする人だけが、独立感覚に優れた人なのではないか、私は、そう思うのです。

Lesson 25 理解の花が降る

書き手「山田ズーニー」を育てたのが、出会った当時まだ大学に籍があった23歳の青年「Kさん」であったことはあまり知られていない。Kさんは、私が会社を辞め、ものを書き始めた瞬間から、約7年に渡り、編集者として私の書く文章を地球で最初に読み、評価し、育む、母のような存在だった。

Kさんは出版界の人も仰天する量の本を読んでいた。読むことにおいて、だれよりも努力し尽きない愛を持っていた。それゆえ文章に対し、音楽でいうところの絶対音感のようなものがあった。読み取った文章には、自信をもって自己の評価を下し、だれがどう言おうと揺らがなかった。Kさんは、私の文章がまずいとき、まずいとは決して言わず、直させることもしなかった。ただ、ほんとうにおもしろかったときだけ、「おもしろい！」とものすごくほめてくれた。メールでほめ、足りないときは、電話をかけて、「ほんとうにおもしろかった！」と感動をもって伝えてくれた。私はKさんの「おもしろい」をたよりに必死で文章を書いた。Kさんの「おもしろい」という評価が出ると、しばらく天に昇ったようにうぬぼれて暮らし、「おもしろい」が出ないことがつづくと、私の輪郭は縮み、無能感にさいなまれた。

書くことはつらかった。とくに限界を押して書いても、人に理解されず、書いた本人でさえ、自分を無能感にさいなむようなとき、「自分はなぜ、孤独でつらい、書くことを続けているのだろう？　これは何かの罰だろうか？」と思った。

人はなぜつらい自己表現をしなければならないのか？

「理解という名の愛がほしい。」とは、孤独な私に通底していた叫びだった。

書き始めて5年が過ぎたある日、渋谷のカフェ・ドゥ マゴ パリで、久々にKさんと会った。短いけれど、あの時間を思うと今も心が温かくなる。

その日、私の言葉は、ほぼ完璧なまでに通じていた。ふだん言葉をつくしても自分の言いたいことはなかなか人に伝わらないし、わかってもらえない。でもその日、うまく言えなくても、稚拙でも、言葉足らずでも、私の言葉は、誤解されずブレもせず、Kさんのキャッチャーミットにバシッ、バシッと快音を立てて届いていった。私が言葉を繰り出した箇所には、正確で深い、骨まで届くようなKさんからの理解の言葉が戻ってきた。それは生まれて初めての、親にも親友にもされたことがないような理解だった。ことに自分の書く孤独はだれにもわかりようがないと伝えることさえ諦めてきたが、理解者が存在することに、しかもそれがKさんであることに、私はとまどった。Kさんと私に私的な交流は一切なく、食事をしたことさえただの一度もない。Kさんが結婚したことさえ私はネットのお知らせで知ったぐらいだ。いつも原稿を挟んでの真剣勝負、たまに会っても、「くそ」がつくくらい、お互い真面目に文章の話をした。「わかってくれている。でもなぜKさんが……?」

Kさんは「私が5年間に書いたすべての文章」を読んでいた。おぼつかない文章でも、5年書くうちに、それは相当なアーカイブとなり、ひとつのまとまりある世界観を成していた。言葉は、それがどういう背景・文脈の中で使われているかが理解されないと伝わらない。Kさんの中に私の背景があった。私がどこから来て、いま何に悩み、そしてどこへ行こうとしているのか。私の書いたものを通して私の背景が、正しく刻まれており、少々乱暴に言葉を投げかけても、その背景に照らして、正しく位置づけられ、脈絡を持って理解された。だから言った以上にわかってもらえたのだ。私が求めていたのは、これだと思った。つまり、「言葉による理解」だ。「言葉はいらない」という人もいる。黙って抱きしめる、それも理解だ。しかし、私がずっと求め続けていたのは、言葉による、まとまりを持った理解、脈絡をもった理解、深くいきとどいた、骨に染み入るような理解だ。それを手に入れたと思った。私は満たされた。

帰り道も、帰ってからも、いつまでもいつまでも、ひたひたと温かさが押し寄せた。だけではなかった。そのころからどっと仕事の依頼が増え、初対面の依頼者にも、私はなぜかほっとするような安堵感を持った。依頼者たちは手に手に、私が書いた本を持っていた。私がネットに連載を始めた当初からずっと読み続けてくれている人もいた。同じく、私の言葉は、初対面でも正確に届き、言った以上に理解された。そのような理解者が、3人、5人、10人、30人……と増えていったとき、私はもう嬉しさを持ちきれず、歓びは胸から目から、あふれ出た。まぶしい、まるで、

理解の花が降る！

表現することは苦しいけれど、続けてきてよかったと心から思った。書くことは自分にとって身を削るような行為だけれど、削った以上に満たされた。書くことによって、私はかけがえのない理解を得た。理解という名の愛を得た。

表現することは苦しい。でも続けていれば、いつか伝わる。あなたに理解が注がれる。表現し続けていれば、いつかきっと、降るほどの理解が注がれる。

あなたに理解の花が降る！

あとがき　居場所を失ってもだいじょうぶ！

愛に飢えたとき、本や音楽など作品からも愛はチャージできる。

この発見は私にとって一生の希望となった。胸を揺さぶる映画、しみいるようにおいしい料理、作り手が作品にこめた愛をコツコツチャージし、分配し循環させたりしながら、人はどうにかこうにかしのいでいける。教えてくれた読者、親の愛に恵まれず、親もまた親の愛を知らなかったというメールをくれたSさんに感謝だ。

人は居場所を失うと、それまでそこで供給されてきた愛からも干される。

居場所を失うことはだれにでも起こりうる。唯一自分を愛してくれたおばあちゃんが死んだ、息子たちがみんな巣立ってしまい息子ロスが埋まらない、長年勤めた居場所＝会社を定年で去らなければならない……。仕事と愛は結びつかないという人もいるだろうか。私もそうだった。でも私が38歳で会社を辞めた後、言いようのないひもじい感じがずっと続いた。失ってこそわかる、上司・部下・同僚・外部スタッフ・読者の全国の高校生、仕事を通して関わる人や社会から愛のようなものももらっていたんだと。人は仕事を通して社会に貢献し、社会からも愛されている。

愛がないと人は生きられない。しかし愛に飢えてると自覚できる人は少ない。

愛ある状態から無い状態になった人はツラく、でも自分に何が起きているのかわからない。よもや愛が足りてないなどよぎりもせず、ただこんな自覚症状だけがある、「さいきんどうもキレやすい……」。ほしい愛が得られない日々が続くと人はしだいに追い詰められ攻撃性を帯びる。自傷に向く人もいる、殺気立つ人も。眠りや食事を何日も奪われたら殺気立つのと同じ。この殺気は、２００８年秋葉原無差別殺傷事件と地続きに思えてしかたがない。なぜあんなにたくさん人がいるところに行ったのか、内にこもって犯罪するのではなく、一人で死ぬのでもなく、「人の中」へ。

いい大人が切実に欲している愛とはなんだろうか？

会社を辞めた私がツラかったのは、まわりが平日の昼間うろうろしているただの無職のおばさんと見ることだった。小論文編集という複雑な仕事をやってきた私をわかってほしい。愛には、黙って抱きしめる、生きてるだけで愛されてるみたいな愛もある。でも、複雑な努力を積み頑張って自己確立してきた大人には、そんな誰でもいい何でもいいじゃ物足りない。経験を積んで能力を磨いてきた他ならぬ私をわかってほしい。この発想・考え・想い・感性が、かけがえなく必要とされたい。理解という名の愛がほしい。

理解がほしいなら表現しなきゃだめだ。

表現せず何を考えているかわからぬ者を人は理解のしようがない。やっとそのことに気づき、インターネットに毎週コラムを書くことを通して、人生はじめての表現へ私は漕ぎ出した。

本書は、居場所を失い愛に干された人間が、理解という名の愛を求め、失敗しながら自分を表現し社会につなげる「ライブ」だ。へたくそな文章、事実関係をもっと整理してほしいという読者もいるだろうが、ライブには生の良さがある。いい大人が四十近くなって人生初めて表現をしはじめたら、どんなことが起こるのか。手探りな感じ、試行錯誤な感じ。「表現することは大人でも逃げ惑うほどこっぱずかしく恐いんだな」とか、「炎上に近いやってしまった感じ」とか、「けなされて落ち込んでもこんな風に考えて立ち直るんだな」とか、表現する人、これから始める人に、同じ目線で響くものがたくさんある。

表現するためには考えなければならない。

本書は読みながら自然と考えてしまう、考える筋肉がつくコラムである。考える力・書く力の教育をやってきた人間として、表現し社会とつながるために、欠かせない問いの立て方・考え方・勇気のレッスンをちりばめている。

そして読んだ人はお気づきだろう。書くことを通じてコツコツ読者の理解を得、ほしかった愛を私が少しずつ手にしていっていることを。

だから、いま愛に干されてツラくなっている人も、居場所がない人も、大丈夫なのだ。SNSでもいい、どんなささやかな手段でもいい、コツコツ自分の想いを表現していこう。愛の小腹が減ったら本などの作品から愛を得てしのごう。確固たる居場所はなくとも身近な止まり木のような関わりから暖をとって、表現し続けよう。愛に飢えても人はそうして持ちこたえ、表現することでのりこえていける！

表現の先には理解がある、理解には愛がある。そのつながりが居場所になる。
あなたには表現力がある。

山田ズーニー

本書は二〇〇六年三月に小社から刊行された単行本『理解という名の愛がほしい――おとなの小論文教室。Ⅱ』の文庫版『人とつながる表現教室。』を改題し、一部追加したものです。

初出……「ほぼ日刊イトイ新聞」の連載「おとなの小論文教室。」二〇〇五年一月十九日から十月二十六日までの中から二十四本を選択し、加筆修正をしました。

理解という名の愛がほしい。

二〇一八年 三月一〇日 初版印刷
二〇一八年 三月二〇日 初版発行

著　者　山田ズーニー
発行者　小野寺優
発行所　株式会社河出書房新社
〒一五一－〇〇五一
東京都渋谷区千駄ヶ谷二－三二－二
電話〇三－三四〇四－八六一一（編集）
〇三－三四〇四－一二〇一（営業）
http://www.kawade.co.jp/

ロゴ・表紙デザイン　粟津潔
本文フォーマット　佐々木暁
本文組版　KAWADE DTP WORKS
印刷・製本　凸版印刷株式会社

Printed in Japan ISBN978-4-309-41597-0

おとなの小論文教室。

山田ズーニー　40946-7

「おとなの小論文教室。」は、自分の頭で考え、自分の想いを、自分の言葉で表現したいという人に、「考える」機会と勇気、小さな技術を提出する、全く新しい読み物。「ほぼ日」連載時から話題のコラム集。

おとなの進路教室。

山田ズーニー　41143-9

特効薬ではありません。でも、自分の考えを引き出すのによく効きます！　自分らしい進路を切り拓くにはどうしたらいいか？　「ほぼ日」人気コラム「おとなの小論文教室。」から生まれたリアルなコラム集。

「働きたくない」というあなたへ

山田ズーニー　41449-2

ネットの人気コラム「おとなの小論文教室。」で大反響を巻き起こした、大人の本気の仕事論。「働くってそういうことだったのか！」働きたくない人も、働きたい人も今一度、仕事を生き方を考えたくなる本。

自分はバカかもしれないと思ったときに読む本

竹内薫　41371-6

バカがいるのではない、バカはつくられるのだ！　人気サイエンス作家が、バカをこじらせないための秘訣を伝授。学生にも社会人にも効果テキメン！　カタいアタマをときほぐす、やわらか思考問題付き。

女子の国はいつも内戦

辛酸なめ子　41289-4

女子の世界は、今も昔も格差社会です……。幼稚園で早くも女同士の人間関係の大変さに気付き、その後女子校で多感な時期を過ごした著者が、この戦場で生き残るための処世術を大公開！

世界一やさしい精神科の本

斎藤環／山登敬之　41287-0

ひきこもり、発達障害、トラウマ、拒食症、うつ……心のケアの第一歩に、悩み相談の手引きに、そしてなにより、自分自身を知るために——。一家に一冊、はじめての「使える精神医学」。

学校では教えてくれないお金の話

金子哲雄　41247-4

独特のマネー理論とユニークなキャラクターで愛された流通ジャーナリスト・金子哲雄氏による「お金」に関する一冊。夢を叶えるためにも必要なお金の知識を、身近な例を取り上げながら分かりやすく説明。

大丈夫！　キミならできる！

松岡修造　41461-4

「ポジティブ勘違い、バンザイ！」「『ビリ』はトップだ！」「カメ、ナイストライ！」勝負を挑むときや何かに躓いたとき…人生の岐路に立たされたときに勇気が湧いてくる、松岡修造の熱い応援メッセージ！

感じることば

黒川伊保子　41462-1

なぜあの「ことば」が私を癒すのか。どうしてあの「ことば」に傷ついたのか。日本語の音の表情に隠された「意味」ではまとめきれない「情緒」のかたち。その秘密を、科学で切り分け感性でひらくエッセイ。

覚醒のネットワーク

上田紀行　41495-9

いつもどこか満たされない。つい自分の殻に閉じこもってしまう。落ち込んだり、傷ついたり……。そんな心理状態に置かれたときに、どうすれば日々をもっと生き生きすることができるのか。

季節のうた

佐藤雅子　41291-7

「アカシアの花のおもてなし」「ぶどうのトルテ」「わが家の年こし」……家族への愛情に溢れた料理と心づくしの家事万端で、昭和の女性たちの憧れだった著者が四季折々を描いた食のエッセイ。

わたしの週末なごみ旅

岸本葉子　41168-2

著者の愛する古びたものをめぐりながら、旅や家族の記憶に分け入ったエッセイと写真の『ちょっと古びたものが好き』、柴又など、都内の楽しい週末“ゆる旅”エッセイ集、『週末ゆる散歩』の二冊を収録！

私の部屋のポプリ

熊井明子　41128-6

多くの女性に読みつがれてきた、伝説のエッセイ待望の文庫化！　夢見ることを忘れないで……と語りかける著者のまなざしは優しい。

愛別外猫雑記

笙野頼子　40775-3

猫のために都内のマンションを引き払い、千葉に家を買ったものの、そこも猫たちの安住の地でなかった。猫たちのために新しい闘いが始まる。涙と笑いで読む者の胸を熱くする愛猫奮闘記。全ての愛猫家必読！

夫婦の散歩道

津村節子　41418-8

夫・吉村昭と歩んだ五十余年。作家として妻として、喜びも悲しみも分かち合った夫婦の歳月、想い出の旅路…。人生の哀歓をたおやかに描く感動のエッセイ。巻末に「自分らしく逝った夫・吉村昭」を収録。

おなかがすく話

小林カツ代　41350-1

著者が若き日に綴った、レシピ研究、買物癖、外食とのつきあい方、移り変わる食材との対話——。食への好奇心がみずみずしくきらめく、抱腹絶倒のエッセイ四十九篇に、後日談とレシピをあらたに収録。

小林カツ代のおかず道場

小林カツ代　41484-3

著者がラジオや料理教室、講演会などで語った料理の作り方の部分を選りすぐりで文章化。「調味料はピャーとはかる」「ぬるいうちにドドドド」など、独特のカツ代節とともに送るエッセイ＆レシピ74篇。

まいまいつぶろ

高峰秀子　41361-7

松竹蒲田に子役で入社、オカッパ頭で男役もこなした将来の名優は、何を思い役者人生を送ったか。生涯の傑作「浮雲」に到る、心の内を綴る半生記。

巴里ひとりある記

高峰秀子　41376-1

1951年、27歳、高峰秀子は突然パリに旅立った。女優から解放され、パリでひとり暮らし、自己を見つめる、エッセイスト誕生を告げる第一作の初文庫化。

女ひとりの巴里ぐらし

石井好子　41116-3

キャバレー文化華やかな一九五〇年代のパリ、モンマルトルで一年間主役をはった著者の自伝的エッセイ。楽屋での芸人たちの悲喜交々、下町風情の残る街での暮らしぶりを生き生きと綴る。三島由紀夫推薦。

巴里の空の下オムレツのにおいは流れる

石井好子　41093-7

下宿先のマダムが作ったバタたっぷりのオムレツ、レビュの仕事仲間と夜食に食べた熱々のグラティネ——一九五〇年代のパリ暮らしと思い出深い料理の数々を軽やかに歌うように綴った、料理エッセイの元祖。

東京の空の下オムレツのにおいは流れる

石井好子　41099-9

ベストセラーとなった『巴里の空の下オムレツのにおいは流れる』の姉妹篇。大切な家族や友人との食卓、旅などについて、ユーモラスに、洒落っ気たっぷりに描く。

いつも異国の空の下

石井好子　41132-3

パリを拠点にヨーロッパ各地、米国、革命前の狂騒のキューバまで——戦後の占領下に日本を飛び出し、契約書一枚で「世界を三周」、歌い歩いた八年間の移動と闘いの日々の記録。

パリジェンヌ流　今を楽しむ！自分革命

ドラ・トーザン　46373-5

明日のために今日を我慢しない。常に人生を楽しみ、自分らしくある自由を愛する……そんなフランス人の生き方エッセンスをエピソード豊かに綴るエッセイ集。読むだけで気持ちが自由になり勇気が湧く一冊！

パリジェンヌのパリ20区散歩

ドラ・トーザン　46386-5

生粋パリジェンヌである著者がパリを20区ごとに案内。それぞれの区の個性や魅力を紹介。読むだけでパリジェンヌの大好きなflânerie（フラヌリ・ぶらぶら歩き）気分が味わえる！

狐狸庵食道楽

遠藤周作　40827-9

遠藤周作没後十年。食と酒をテーマにまとめた初エッセイ。真の食通とは？　料理の切れ味とは？　名店の選び方とは？「違いのわかる男」狐狸庵流食の楽しみ方、酒の飲み方を味わい深く描いた絶品の数々！

狐狸庵動物記

遠藤周作　40845-3

満州犬・クロとの悲しい別れ、フランス留学時代の孤独をなぐさめてくれた猿……。楽しい時も悲しい時も、動物たちはつねに人生の相棒だった。狐狸庵と動物たちとの心あたたまる交流を描くエッセイ三十八篇。

狐狸庵読書術

遠藤周作　40850-7

読書家としても知られる狐狸庵の、本をめぐるエッセイ四十篇。「歴史」「紀行」「恋愛」「宗教」等多彩なジャンルから、極上の読書の楽しみ方を描いた一冊。愛着ある本の数々を紹介しつつ、創作秘話も収録。

狐狸庵人生論

遠藤周作　40940-5

人生にはひとつとして無駄なものはない。挫折こそが生きる意味を教えてくれるのだ。マイナスをプラスに変えられた時、人は「かなり、うまく、生きた」と思えるはずである。勇気と感動を与える名エッセイ！

地下鉄で「昭和」の街をゆく　大人の東京散歩

鈴木伸子　41364-8

東京のプロがこっそり教える、大人のためのお散歩ガイド第三弾。地下鉄でしか行けない都心の街を、昭和の残り香を探して歩く。都電の名残、古い路地……奥深い東京が見えてくる。